DE PADRES, HIJOS Y MUERTE

Patricia E. Blumenreich

DE PADRES, HIJOS Y MUERTE

© **Patricia E. Blumenreich, 2006**
Colección *Senderos de la Narrativa*
Todos los derechos reservados. All rights reserved.

Prohibida la reproducción total o parcial de esta obra, sin la previa autorización de la editora, los respectivos autores o de la editorial, por cualquier medio o procedimiento informático, de acuerdo con las sanciones establecidas por las leyes.

Primera edición: octubre de 2006

Publicado por:
Ediciones Baquiana
P. O. Box 521108
Miami, Florida. 33152-1108
Estados Unidos de América

Correo electrónico: **info@baquiana.com**
Dirección virtual: **http:// www.baquiana.com**

ISBN: **0-9788448-1-5**

© **Vicente Dopico Lerner, 2006. Ilustración de portada.**
"Aguardando que escapen los demonios"
Óleo sobre tela (50" x 63").

© **Carlos Quevedo, 2006. Diseño de portada.**
Todos los derechos reservados. All rights reserved.

Impreso en los Estados Unidos de América
Printed in the United States of America

Este libro es una obra de ficción. Todos los lugares, eventos y situaciones que se recrean en los relatos de este libro son estrictamente parte de la imaginación de la autora. Cualquier parecido a personas reales, vivas o muertas, es pura coincidencia.

A mi madre
A la memoria de mi padre

LA ESPERA

Cada vez que sonaba el timbre en el 3428 de la calle Flores, doña Francisca se acercaba apresurada al portón de hierro levantando con poca agilidad sus piernas pálidas salpicadas por los manchones violáceos que delicadas y diminutas venas dibujaban formando tramos intrincados, sus pies metidos en zapatillas de lona azul y suela de goma gastada. Con pasos cortos evitaba las baldosas rotas y resquebrajadas, de bordes agudos protuberantes, y sus brazos delgados, de piel reseca y fláccida, rozaban las ramas de las lilas y jazmines que perfumaban el patio de esa casona vieja y húmeda en la que había vivido por cuarenta y cinco años. Doña Francisca esperaba al cartero. Todos los días excepto los domingos, el timbre estridente que resonaba por el patio traía con él la esperanza de una carta, una carta de Luis, de Luisito, su hijo soldado.

—¡Ya vengo! ¡Ya vengo! —repetía en voz alta, ansiosa e ilusionada, mientras se secaba las manos de dedos cortos y uñas cuadradas cortadas al ras con el repasador húmedo, temerosa de que una demora de segundos en abrir la puerta pudiera impacientar al cartero, quien se iría dejándola afligida, abandonada, sus esperanzas truncadas otra vez. Al acercarse al portón, sus manos temblorosas hacían girar la llave con urgencia y tomaban el fajo de sobres que el cartero le entregaba con una sonrisa y un saludo. Pero ninguno de esos sobres era una carta de Luis. Desilusionada, las esperanzas que por segundos le habían llenado el pecho ahora cayendo con fuerzas, derrumbándose, triturándose, pero esforzándose para no llorar, volvía a la cocina a seguir pelando las verduras, a preparar el almuerzo.

—¡Abuela, abuela! —entró corriendo Pablito, el pelo

enrulado despeinado, la camiseta manchada por el jugo que había tomado para el desayuno— ¿Ya está listo el almuerzo? ¡Tengo un hambre! —le dijo mientras abría la heladera, removía botellas y jarras y revolvía el cajón de las frutas y verduras descartando lo que encontraba con expresión de asco.

—No, m'hijito, todavía no. Decile a tu mamá que te prepare algo —le contestó parada frente a la pileta, mirando a través de la ventana de cuatro paneles que bordeada por una cortina a cuadros hecha a mano le ofrecía una vista longitudinal del patio que llegaba hasta el portón.

—¡Salite de la cocina, Pablo! ¡Dejá tranquila a la abuela! —Rita, el pelo castaño ondeado rozando sus hombros, una solera de algodón estrechando la figura que recibía piropos y silbidos cada vez que salía a la calle, entró a la cocina y rezongó a su hijo mientras lo dirigía hacia el patio empujándolo por los hombros.

—¿Qué dice Francisca? —preguntó con indiferencia mientras sacaba los platos del aparador de madera de pino gastada y los iba poniendo sobre la mesa automáticamente; uno para su suegra, que ocupaba el lugar más cercano a la cocina, uno para Pablito, otro para María, uno para ella y otro para José, que todavía estaba en la cama. Desde que lo echaron de la fábrica y se vieron forzados a mudar con su madre porque no les alcanzaba la plata, José miraba televisión hasta la madrugada, se levantaba pasado el mediodía, y leía los clasificados mientras tomaba mate toda la tarde. Adela, la hija de Francisca, nunca almorzaba con ellos durante la semana; comía en la oficina donde trabajaba como recepcionista. Casi todos los sábados y domingos sin embargo, venía con Vicente, el hombre con quien mantenía un noviazgo que parecía estar estancado en una cronicidad perniciosa a pesar de haber empezado sólo unos meses atrás, y a último momento agregaban dos platos.

—Nada Rita, nada. Hoy tampoco llegó carta de Luisito.

—Ya va a llegar —trató de consolarla mientras ponía los cubiertos sobre las servilletas de tela dobladas en cuatro y mantenía la mirada sobre el mantel de hule a cuadros rojos y blancos.

—Pero Rita, —se dio vuelta Francisca, apoyando sobre la mesada un ají verde y un cuchillo afilado— ¿cuántas semanas ya hace que no tenemos carta?

—¿Qué quiere que yo haga Francisca? —le dijo no sin cierta irritación mirándola brevemente—. Si no viene no viene, nada que uno pueda hacer —aparentó consolarla, y siguió poniendo la mesa. A Rita le molestaba y no comprendía la devoción que su suegra mostraba por el hijo ausente, para ella una obsesión exagerada que la llenaba de celos y envidia. Es cierto, trataba de convencerse, que Luis puede estar, y seguramente está en peligro, perdido en alguna parte del mundo donde siempre hay guerra, tratando de mantener el orden entre gente tan distinta y ajena a él que podían haberse bajado de otro planeta. Todo porque a algún político que no tenía nada mejor que hacer para avanzar su carrera, se le ocurrió mandar algunos soldados apenas entrenados, equipados con armas de segunda mano, para demostrar así la contribución de ese país insignificante y en bancarrota a la paz del mundo. Alguien podría mejor pensar en traer paz a mi familia, pensó. Seguro que José va a salir hoy de noche, seguro que se va a ver otra vez con esa puta vieja, siguió pensando convencida de que su marido andaba en amores con una empleada de la fábrica, Pilar.

—Bueno, bueno, tenés razón, —contestó Francisca al notar el tono nervioso de su nuera— hay que ser optimista. Mañana es otro día. Sólo tengo que esperar menos de veinticuatro horas. No es tanto después de todo. —Mientras ponía las verduras en la olla llena de agua y prendía la hornalla de la cocina a gas, vio acercarse a José, rasqueteándose la cabeza, mechones de pelo negro lacio despeinado cubriendo sus ojos, aún vistiendo el pantalón rayado de pijama a medio abotonar, la camiseta blanca apenas metida dentro del pantalón, sin afeitar, descalzo.

—¡Mirá la hora que es y recién te levantás! ¡¿Qué te pensás, que el trabajo va a venir a buscarte a vos?! —le gritó Rita cuando él abrió la puerta de la cocina dejando entrar una bocanada de aire húmedo y caliente.

—¡No me jodas, no me jodas! ¡Todavía estoy medio dormido! —le gritó mientras arrastraba una de las sillas con asiento de paja hacia el costado de la mesa y se sentaba, las piernas entreabiertas, frotando su cara con las manos.

—¡Que no te joda, que no te joda! —siguió ella, agarrada de un pedazo del hule que apretaba en su mano, gritándole, pequeñas gotas de saliva salpicaban de su boca, la vista fija en su cara mientras Francisca les daba la espalda pretendiendo no escuchar lo que los vecinos podían oír—. Decime, ¿cuánto tiempo te pensás que nos vamos a poder quedar acá? ¡Hace tres meses que estamos! ¡Tres meses y ni miras de encontrar nada!

—¡Puta carajo! ¡Te dije que me dejes tranquilo! ¡Sos una rompe huevos! —golpeó la mesa con un puño, la fuerza del cual hizo vibrar los vasos, se paró de golpe y empujó la silla que al chocar contra la mesa cayó, el respaldo contra el suelo, y salió de la cocina dando un portazo que hizo temblar los vidrios.

Rita comenzó a llorar, secándose las lágrimas con el delantal que Francisca le había prestado. Francisca se acercó y tocó la espalda con delicadeza. —No llores muchacha, ya va a encontrar algo. Hay que tener paciencia, igual que vos me decís a mí cuando espero carta de Luisito.

¡Puta madre! pensó Rita mientras se dejaba abrazar por Francisca, hasta cuando habla de nosotros y nuestra situación de mierda me nombra al hijo pródigo. —Tiene razón

Francisca, gracias. Es que es un abuso estar acá. Mire el trabajo que le damos —trató de sonreír entre las lágrimas intentando disimular el rencor que sentía.

—Ningún trabajo muchacha, para mí no es trabajo, es un gusto ayudarlos. Además, tengo a mis nietos todos los días cerca de mí. ¿Qué más puedo pedir? Si Luisito estuviera acá, sería perfecto.

¡Otra vez Luisito! ¡Madre de Dios querida! No puede hablar dos palabras sin nombrarlo, pensó mientras se separaba del abrazo.

—Gracias Francisca. Es que me molesta que nos haya dejado su dormitorio y tenga que compartir el baño con nosotros.

—No es nada, no es nada. Además, desde que me mudé al dormitorio de Luisito lo tengo aún más cerca. Cuando él vuelva, si ustedes todavía están acá, ya veremos cómo nos arreglamos. Además, Adela tiene el suyo y los chiquitos parecen estar contentos en la sala que nadie usa de todas maneras. Así que, ya ves, tenemos lugar de sobra.

¡Por favor! Que no me lo nombre otra vez, pidió Rita para sus adentros.

—Voy a llamar a los nenes, Francisca. Hasta que los convenza de que se laven las manos y vengan a la mesa la comida va a estar fría. —Con esa excusa, Rita salió de la cocina. Se cruzó con José en el patio pero lo ignoró y siguió de largo. José entró a la cocina y sentándose a la mesa en el lugar que le correspondía a su madre agarró un pedazo del pan fresco que Francisca había comprado en la panadería cuando todos aún dormían.

—¿Qué decís vieja? —le preguntó mientras masticaba el pan crujiente que había untado con gruesas capas de manteca y se hamacaba balanceando la silla sobre las patas de atrás.

—Nada nuevo. Hoy tampoco llegó carta de Luisito. ¿Por qué no llamás a alguien y preguntás qué pasa?

—¿A quién querés que llame? ¿Vos te pensás que los milicos estos no tienen nada mejor que hacer que mirar el correo?
—No los llames así, es una palabra horrorosa.
—Bueno, bueno, soldaditos. ¿Te gusta más?
—Es que estoy preocupada.
—Vieja, vieja, —trató de calmarla ahora con un tono menos sarcástico— yo no sé a quién preguntarle por las cartas, pero si te pone contenta, el lunes paso por el cuartel y me fijo si saben algo —accedió sobre todo para evitar que su madre siguiera insistiendo.
—Gracias hijito, gracias. —Se agachó y abrazó a su hijo mientras él seguía masticando, indiferente a su entusiasmo.
—Bueno, la comida está lista —anunció con una sonrisa, la esperanza de recibir alguna noticia renaciendo.
En ese momento Rita y los dos niños entraron a la cocina.
—¡Papi, papi! —exclamaron Pablito y María al ver a su padre y se le acercaron corriendo trepando a sus piernas, ahora metidas en vaqueros gastados.
—¡Eh pibes!, siéntense a comer. Vamos a ver qué cosas ricas les preparó hoy la abuela. —Sentando a cada niño sobre una pierna los hacía bailotear mientras Rita, su expresión seria y tensa, se acercaba.
—Vamos, cada uno a su lugar y a ver si hoy no tiran toda la comida al piso. —Rita los desprendió del abrazo con el que se aferraban a José y los sentó en sus respectivas sillas.
—Le ayudo Francisca —ofreció a su suegra, llenando los platos con la carne asada y verduras hervidas. Se sentaron a la mesa en silencio, Rita y Francisca pasando los platos, Rita cortando la carne para los niños.
—No me gusta esa carne, es dura —se quejó Pablito, escupiendo la comida semimasticada sobre el plato y pateando a su hermana por debajo de la mesa.
—¡Me pegó, mami, me pegó! —lloriqueó María.

—¡Terminen los dos o se van al cuarto sin comer! —les advirtió Rita, poniendo sus cubiertos sobre el plato, dejando su comida ella también.

—¡Dejá a los botijas tranquilos, no jodas a todo el mundo!

—¡¿Otra vez vas a empezar con las palabrotas?! ¡No pasa un puto día sin que tengamos un almuerzo así!

—¡Mirá quién habla de palabrotas, la señorita perfecta! ¡Andate a la mierda! —José empujó el plato que se deslizó sobre el hule y se detuvo al chocar con el de Rita, tiró la servilleta de paño blanco sobre la mesa, dio un portazo y salió al patio. Se sentó sobre uno de los escalones y prendió un cigarrillo.

—No sé qué voy a hacer con su hijo —dijo Rita, aparentando hablar más consigo misma que con su suegra, mientras sacaba los platos de la mesa, acumulando las sobras en un envase de plástico opaco.

—¡Mami, mami! tengo hambre— lloriquearon los niños, recobrando repentinamente sus voces ahora que el despliegue de furia había cesado.

—¡Ya les dije...!

—¿Qué quieren que la abuela les dé, preciosos?

—Usted los malcría, Francisca. Que pasen hambre.

—No importa, no importa. Mirá si algún día se te van como el Luisito y no les diste todo lo que querían...

Por favor, no otra vez, pensó Rita, y esforzándose para disimular su irritación, ayudó a Francisca a preparar un postre para sus hijos.

Francisca y Rita limpiaron la cocina y cada una se fue a su cuarto, Rita tratando de convencer a los niños de acostarse, terminar de pedir comida y hacer una siesta, Francisca a recostarse sobre las sábanas tratando de no arrugarlas y dormitar antes de levantarse a lavar la ropa y empezar a preparar la cena. José salió cuando creyó que nadie lo vería, ninguna sabía a dónde.

José caminó varias cuadras en medio del calor agobiante de la tarde hasta llegar al café donde se encontraría con Pilar. Ella había trabajado en el turno de la noche y usando la excusa de tener que ir al médico dejó a su marido jubilado jugando al solitario. Al entrar al local oscurecido por las cortinas semicerradas, donde sólo se oía el zumbido monótono del ventilador de pie, la vio sentada a una mesa contra la ventana espantando moscas con un diario mal doblado. Al acercarse a ella olió su perfume, espeso y dulce, almizcle llenando el aire impregnado de tabaco.

—Hola mi amor —la saludó con un leve beso en los labios.
—Al rozar sus labios con los suyos, se retrajo súbitamente, la expresión contraída en una mueca de asco. —¡Cuántas veces te tengo que decir que no te pintes con esa cosa pegajosa la boca! ¡Ahora estoy pegoteado y tengo un gusto asqueroso! —se quejó, tratando de limpiarse la boca con la manga de la camisa celeste perfectamente planchada, sentándose a la mesa. —Un cafecito —le ordenó al mozo mientras Pilar lo observaba, el ceño fruncido, sus cejas formando un arco negro que enmarcaba los ojos marrones que parecieron atravesarlo.

—Cuando termines de quejarte de mi maquillaje podemos hablar. —La voz siempre ronca y rasposa de Pilar, y su tono que parecía no dudar nunca de lo que decía, hizo que se acomodara en su silla en un gesto nervioso y bajara la voz.

—Te dije mil veces que me revienta que uses....
—Suficiente —lo interrumpió.— Me escapé de casa para pasar un buen rato, no para escuchar tus estupideces.
—¿Dejaste al viejo durmiendo la siesta? —le preguntó sarcástico.
—¡Ja, ja! —exclamó fingiendo la risa y el humor que no sentía—. Muy gracioso el muchacho. Por lo menos, "el viejo" como vos lo llamás, se rompió el culo trabajando toda la vida y nunca tuvo tiempo de vagar por las tardes.
—¡Puta madre! ¡Vos también! —le dijo exasperado,

golpeando el posillo sobre el plato, gotas de café salpicando el mantel blanco.

—Mirá, no me arriesgué a verte a plena luz del día para que me jodas con quejas de mi lápiz de labios —le dijo mientras sacaba un espejo ovalado con mango de plástico de la cartera de paja tejida y se observaba tratando de disimular su disgusto al notar las arrugas que parecían reproducirse como arañas en una película de terror.

—Está bien, corazoncito —José trató de hacer las paces y le tomó las manos por encima de las tazas de café— no tengo que volver a casa hasta la nochecita, ¿por qué no hacemos las paces completas y nos vamos hasta el amueblado?

—No hoy mi amor, no puedo —le contestó, ahora con una sonrisa que dejaba ver sus dientes parejos e inusualmente pequeños—. Ganas no me faltan, pero tengo que trabajar horas extras y haré doble horario.

—¡Qué suerte la tuya! ¡A mí me echan y vos trabajás extra! No hay justicia en este mundo.

Pilar decidió ignorar el comentario que sabía traería otra pelea. A pesar de lo difícil que podía ser José, de lo poco que podían verse ahora que no estaban juntos en la fábrica, el sexo era de maravillas y sólo con mirarlo, la sonrisa pícara, los ojos verdosos, el hoyuelo que se le hacía en la mejilla izquierda, le daban ganas de llamar a la fábrica y reportarse ausente por enfermedad, pasar la tarde en el amueblado e inventarle al viejo cualquier excusa. Porque ella lo llamaba así, "el viejo", pero no toleraba cuando José lo hacía, después de todo era su marido.

—¿Qué tal el lunes, corazón? No entro a trabajar hasta la medianoche. Me compré unas cositas que ni te cuento....Te voy a volver loquito.

—Dale, dale, contame, no seas mala, no me hagas esperar —siguió, tratando de tentarla con la esperanza de que ella cambiara de idea y no fuera a trabajar.

—No, no, va a tener que esperar, señor —le dijo con una mueca provocadora—. El lunes, ¿sí?
—Bueno, bueno, quedamos para el lunes —y le guiñó un ojo—. ¡Ah! esperá un poquito. Le prometí a la vieja que iba a ir hasta el cuartel a preguntar qué se sabe de Luis. ¡Carajo! Ahora no sé cuándo voy a terminar. Tengo que tomar dos ómnibus para llegar hasta ahí. El culo del mundo, hasta ahí tengo que ir.
—Hacelo por ella. La pobre debe estar volviéndose loca —le dijo, sintiendo lástima por la mujer que sabía hacía más por sus hijos adultos de lo que ella creía hubiera hecho por sus niños, de haberlos tenido.
—Sí, y nos está volviendo locos a todos nosotros también. Todos los días se levanta pensando en el cartero y se va a dormir pensando en el cartero. No dice dos palabras sin nombrar a Luis, dale que te dale. Y mi mujer...
—No quiero que me hables de tu mujer —lo interrumpió—. Eso es cosa tuya. Conmigo la pasás bien y me la hacés pasar bien a mí. Te ponés pesado con asuntos de familia y se termina la cosa, para cosas serias tengo a mi marido.
—El viejito... —la provocó.
—Muy gracioso. Dale, vamos. ¿Te veo el lunes entonces?
—Sí, sí, voy a tratar de llegar lo antes posible.
Con un beso en la mejilla se despidieron. Parado en la puerta del café la miró alejarse, moviendo las caderas en forma provocativa, los muslos artificialmente bronceados apenas cubiertos por una pollera turquesa. Caminó hacia la casa, frustrado por no haberse acostado con ella. Ahora no voy a tener más remedio que acostarme con Rita, pensó. Caminó varias cuadras, mirando al pasar vidrieras, algunas de las cuales tenían pegados al vidrio anuncios de trabajo, ninguno de los cuales eran para él; ayudantes de floristas, panaderos, mensajeros, nada, nada para mí, se lamentó. Mientras caminaba, las manos en los bolsillos, mirando a las

adolescentes que pasaban a su lado, dándose vuelta para observarlas con más detalle, permitiendo a sus ojos deleitarse con las piernas que se perdían bajo los shorts, disfrutando de sus fantasías, se acordó de su hermano. Tiene razón la vieja, pensó. Hace montones que no tenemos carta de él; la vieja se pone pesada y yo no le quiero dar más cuerda al asunto, pero ya pasó demasiado tiempo. Seguro que se perdieron por el camino, racionalizó, viniendo de la otra punta del mundo, vaya uno a saber a dónde las mandaron. Pero es demasiado tiempo, demasiado. Entró a otro café y buscó una mesa alejada de la puerta. No tenía ganas de volver a la casa, a escuchar las quejas de su mujer, el griterío de los hijos, a ver la actitud sacrificada de su madre, que lo conmovía y enfurecía al mismo tiempo. Hubiera preferido que no nos hubiera agarrado en la casa, pensó, de alguna manera nos hubiéramos arreglado. Ahora encima de todo tengo que aguantar a Rita haciéndose la víctima frente a mi madre. ¡Qué cagada!, dijo sin darse cuenta en voz alta, haciendo que el mozo lo mirara y sonriera en forma comprensiva. Caminó lentamente rumbo a la casa, tomando el camino más largo que se le ocurrió, tratando de encontrar en vano una excusa para demorarse unas horas más y volver cuando todos ya estuvieran durmiendo. No toleraba la idea de tener que dar explicaciones acerca de lo que había o no había hecho ese día. Sea como fuera tendría que mentir. Seguía buscando excusas cuando llegó. Apenas bajó el pestillo y abrió de un empujón la puerta pesada de hierro, oyó el llanto de uno de sus hijos y los gritos de Rita rezongando a uno de ellos, María o Pablito, qué diferencia, pensó, seguro que si uno no es el culpable ahora lo será en un rato. Entre los gritos de su mujer y los de sus hijos oyó y reconoció otras voces provenientes de la cocina. Se acercó a donde todos parecían haberse concentrado, y forzando una sonrisa entró.

—Hola José —lo saludó Vicente, el novio, amante,

prometido, o ninguna de esas cosas de su hermana. Sentado a la mesa con su hermana sobre la falda, Vicente tomaba puñados de maníes con una mano, con los que llenaba su boca, muchos de los cuales caían por las comisuras de sus labios resbalando al piso, mientras que con la otra mano pellizcaba las nalgas de Adela quien pegaba gritos simulando sorpresa. El muy garronero ya se vino a instalar para la cena otra vez, y ni siquiera es sábado o domingo, pensó, como si la vieja no tuviera poca gente para alimentar.

—¿Qué decís Vicente? —Ese tipo no me gusta nada, pensó mientras trataba de seguirle la conversación, chupa de lo lindo, se baña en agua colonia para sacarse el olor a alcohol, como si estuviera marinado todos los días a cualquier hora, y tiene embobada a la cretina de mi hermana.

—Buenas noticias, ché. Me promovieron a asistente del mejor vendedor de la agencia, ¿qué te parece? Con este aumento y unos ahorritos más, de repente vas a oír sonar las campanitas de la iglesia pronto —le dijo mientras atraía a Adela por la cintura dándole un beso en la mejilla que sonó como el vacío producido por una ventosa.

—Salí tonto —contestó Adela, sonrojándose levemente y pretendiendo una vergüenza que todos sabían no tenía—. ¿No te parece bárbaro José? De repente Vicente te puede conseguir algún trabajito, ¿no te parece, mi amor? —le preguntó devolviéndole el beso.

—Bueno, tendría que hablar con el jefe, porque vos José no tenés ninguna experiencia en ventas, ¿no?

Andate a la puta que te parió, pensó José, repugnado por la arrogancia del otro. —No, pero siempre se puede aprender. —contestó fingiendo una sonrisa que le estaba costando un esfuerzo que no se creía capaz de mantener por mucho más tiempo.

—Yo creo que es una buena idea, José —dijo Rita, menos agitada tras haber mandado a los niños a la pieza contigua, mientras doblaba la ropa de los niños que Francisca había lavado y planchado y la ordenaba sobre la mesa de la cocina.

—Después hablamos, tengo que hacer algunas llamadas —se disculpó y salió de la cocina chocándose con su madre al bajar el escalón.

—Josecito, ya estás de vuelta, qué bien. ¿Viste que a Vicente lo promovieron?

Siguió en dirección al dormitorio sin contestarle.

—¿Te ayudo mami? —preguntó Adela a Francisca mientras ésta se ponía el delantal y sacaba la carne de la heladera.

—No, no, mi querida. Vos encargate de tu novio, yo me arreglo sola —le contestó. Mejor así, pensó Francisca, ya que encontró un novio después de tantos noviazgos que terminaron en nada, mejor que lo entretenga y lo cuide. El hombre, porque no es ningún muchacho, no es gran cosa, pero, tiene que casarse. ¿Cuántos años ya tiene Adelita?, se preguntó. Si Luisito tiene 40 y Josecito 35, bueno, entonces ella ya tiene 32. Sí, sí, la muchacha se tiene que casar, si sigue esperando no va a tener ni a ése.

Hacete la víctima, pensó Adela mientras se acurrucaba sobre la falda de Vicente que tomaba el vermouth que se había servido solo apenas había llegado. Vos te pensás que yo no me doy cuenta que querés que me case a toda costa. Sólo pensás en tu Luisito, Luisito aquí, Luisito allá. Y ahora, encima de todo, con José y la manada a cuestas, que te explotan de lo lindo, menos tiempo tenés para planchar mis blusas y mis polleras. ¡Como si yo tuviera tiempo!, pensaba mientras sonreía y recorría con sus uñas postizas los labios de Vicente. Cada mañana tengo que salir de apuro a la oficina porque vos no me despertás a tiempo, ocupada con los críos de José, "Pablito de acá, Marita de allá", manga de explotadores que esperan que les traigas pan fresco apenas se levantan. Adela trataba de disimular lo que la estaba irritando terriblemente, abrazando a Vicente y dándole besitos en la frente, quien sorbía su vermouth de a grandes bocanadas mirando de reojo a su cuñada, y albergando fantasías de llevársela a la cama en la primera oportunidad en que se encontraran solos. Seguro que no me va a decir que no, se dijo, si todo el mundo sabe que el inútil del marido tiene una amante, la pobrecita se debe estar muriendo de hambre. Yo le voy a mostrar lo que es ser un hombre, pensó orgulloso y sonrió.

—¿Qué te causa gracia mi amor? —le preguntó Adela, pretendiendo inocencia pero habiendo notado la mirada intensa de su novio sobre las nalgas de su cuñada. La muy puta seguro que no va a perder oportunidad de acostarse con él, pensó mientras le revolvía el pelo. Te ahorcaría ahora mismo si no fueras el único candidato que tengo.

—Nada mi encanto, nada. Pienso nada más qué día bárbaro que tuve, qué vida bárbara la mía. Un tipo de suerte, soy un tipo de suerte —dijo mientras la hamacaba sobre su falda como si fuera un niño.

No sé cómo alguien puede mover a esa vaca, pensó Rita mientras terminaba de poner la ropa en pilas, lo blanco, los buzos de los chicos, las polleras de ella. No tienen ni un poco de vergüenza esos dos, se exasperó, ella con ese pelo mal pintado parece una puta barata, y ese lápiz de labios tan naranja, y los rollos que se le ven debajo de esa remera apretada, me da asco. Y él, con ese pelo engrasado, que se tapa con gomina y sus uñas manicuradas como un mafioso barato, borracho degenerado, pensó al recordar los ojos de él sobre su cuerpo y sentirse repugnada. ¡Cuándo llegará la hora de irnos de esta casa! No sé cuánto más aguantaré.

—Ah, volviste Josecito, ¡qué lindo tenerlos a todos acá! ¿Por qué no sacás las copas y hacemos un brindis para celebrar la promoción de Vicente? Además, estoy segura de que el lunes vamos a tener noticias de Luisito. ¡Vamos a brindar doble! —la voz y el entusiasmo de Francisca los forzó a interrumpir momentáneamente los pensamientos en los que cada uno de ellos estaba sumido.

Después de la cena, donde el único que pareció comer con ganas fue Vicente, Francisca lavaba los platos que Adela y Rita iban trayendo de la mesa y pensaba en Luis. Trataba de imaginar qué hora podría ser y qué podría estar haciendo en donde se encontraba. No estaba segura sin embargo, si el lugar a donde lo habían mandado era un país o no, ni cuán lejos era, aunque lo imaginaba tremendamente distante, otro mundo. Tal vez por allá es de mañana, se dijo, ojalá que le den un buen desayuno. No sé por qué el muchacho se empecinó en ser soldado, podía haber estado tan bien acá, casado, trabajando en una oficina, se lamentó, mientras ponía los platos en el escurridor y Rita los iba secando y guardando, con la cabeza baja y la mirada fija en la superficie blanca, lisa y brillosa.

—¡Abuela, abuela! ¿Nos comprás un helado? —le pidieron los nietos cuando terminó el programa de televisión que los tenía ensimismados, tironeando del delantal húmedo.

—No hinchen. Dejen a la abuela tranquila.

—Llevalos vos Rita. Son sólo dos cuadras hasta la heladería. Yo termino con esto, lavo el piso y me siento a escribirle a Luis. Adela y Vicente se fueron a caminar, de repente los encontrás por el camino. —Dios no lo permita, pensó Rita. Lo que menos necesito es encontrarme con esos dos ahora.

—Mami, mami, ¿nos podés llevar? Yo quiero de crema...

—Bueno, vamos. Pero no se chorreen la ropa, porque no se la van a cambiar hasta el domingo.

Rita se fue con los niños y José y su madre quedaron solos en la cocina. José de espaldas a ella, mirando el noticiero. No parecía haber notado la conversación que tuvo lugar entre su madre, su mujer y sus hijos pocos minutos atrás, ni que Rita y los niños habían salido. Francisca terminó de lavar y secar la mesada, acercó una silla al lado de la de su hijo y se sentó a su lado, observando el perfil de José. ¡Qué lindo muchacho que es! pensó, me hace recordar a su padre, con esa nariz tan recta y la cara delgada, seguro que tiene a las mujeres locas atrás de él. Ojalá la Adela me hubiera salido tan linda, se lamentó. Y pobre la Rita, entre tener al marido sin trabajo y los celos de Adela, que bien sé yo que no quiere tener a nadie en casa y no es muy disimulada, pero por otro lado ella podría hacer algo por la familia, buscarse algún empleo, yo puedo cuidar de los chicos.

—Josecito —trató de llamar la atención a su hijo— ¿te vas a acordar de ir al cuartel el lunes?

—Sí mamá, sí. ¿Cuántas veces me vas a preguntar lo mismo? —le contestó sin desviar la vista de la pantalla.

—Es que quiero estar segura de que no te vas a olvidar. ¿Y si pasás por el Ministerio primero? Porque a lo mejor en el cuartel no saben nada.

—Vieja, ¡¿vos tenés idea de la distancia entre el Ministerio y el cuartel?! ¡Me va a llevar tres días llegar de un lado al otro!

—¿Por qué no te tomás un taxi?

—¡¿Vos estás mal?! ¡¿Vos tenés idea de lo que sale un taxi?! ¡¿De dónde voy a sacar esa guita?!

—Yo tengo unos pesitos. No te preocupes por la plata, lo más importante es tener noticias de Luisito.

—Vieja, vieja.... —le dijo ahora enfrentándola y suspirando resignado—, no tenés que darme la guita, puedo ir en ómnibus, total, aunque me lleve todo el día, no tengo otra cosa que hacer. —En ese momento hasta se olvidó que le había prometido a Pilar que se encontrarían esa tarde. Dio vuelta la cabeza y siguió mirando la televisión. Francisca barrió y lavó el piso de baldosas tratando de esquivar sus piernas y de no golpearlo con el escobillón.

El lunes de mañana, a las 5:30, Francisca entró al cuarto

que ahora ocupaban José y Rita y se acercó a la que había sido su cama tratando de no despertar a su nuera que roncaba suavemente.

—José, Josecito, —llamó a su hijo tocándole levemente el hombro como lo hacía cuando lo despertaba para que no llegara tarde al liceo— despertate, despertate, tenés que ir al cuartel. —Luego de casi media hora de inútiles intentos, José empezó a abrir los ojos con dificultad, se sentó al borde de la cama, se levantó, descalzo, en calzoncillos y camiseta, y se puso los vaqueros y remera que Francisca había lavado el domingo.

—Va a hacer calor hoy, Josecito —le dijo Francisca mientras le alcanzaba el mate y unos bizcochos que habían sobrado del día anterior—. Te acordás lo que tenés que preguntar, ¿no?

—Tan idiota no soy, vieja. Estos bizcochos están viejos, no se pueden comer. ¿Todavía no fuiste a la panadería?

—Abren en un rato. Voy a buscar la chismosa y salimos juntos.

—No, no. Ya me voy. Vuelvo por la tarde. —Mejor me hubiera quedado durmiendo, tengo un cansancio que no veo, pensó mientras cerraba el portón y caminaba hacia la parada en donde tomaría el ómnibus que lo llevaría hasta la estación de tren. De repente, si tengo suerte y no se me sienta al lado algún idiota que quiere hablar o una mujer con chiquilines gritones, me duermo una siesta. ¡Ay vieja!, las cosas que tengo que hacer por vos, seguro que Luis no tiene tiempo para escribir tonterías, porque, a quién le importa de todas maneras lo que hace un soldado todo el día, seguro que se pasa limpiando y lustrando el fusil.

A las 7 de la mañana José tomó el tren.

A las 6 de la tarde José estaba sentado sobre los yuyos crecidos al lado de la vía de tren, a tres cuadras de su casa.

¿Cómo le digo a la vieja? se preguntaba, ¿cómo le digo? La

remera pegada a la espalda por la transpiración, el pelo cubierto de polvo y hollín, los ojos rojos por el llanto, mojando su cara y cayendo sobre el pantalón arrugado, su vista percibiendo imágenes que no le interesaban, los negocios de ropa barata y de segunda mano, la ferretería, la despensa, al otro lado de la avenida, más allá de la vía, pero sólo veía la cara del oficial cuando le dio la noticia. Luis murió. Luis, Luisito, el hermano del cual necesitaba tener noticias para satisfacer la ansiedad de su madre, estaba muerto, su cuerpo sin vida, su cadáver, perdido en una parte del mundo que a él ni le importaba ni interesaba. Pero en ese lugar su hermano había muerto. Le dijeron que algún día le enviarían sus pertenencias, y algún día le harían un homenaje. Le prometieron también una medalla. ¡Que se metan la medalla en el culo! gritó, sin percatarse de que había algunos niños paseando a un perro lanudo a varios pasos de donde él se había sentado. El jadeo del perro acercándose lo distrajo por un momento y miró a los dos niños que trataban de mantener control del animal que, mucho más fuerte que ellos, tironeaba de la correa. Luis y yo también traíamos a Chompo a caminar a la vía, recordó. Pobre Chompo pensó, ni el polvo de él quedará. Igual que le pasará a mi hermano. Peor, por lo menos al Chompo lo enterramos en un baldío por acá cerca, capaz que hasta estoy sentado ahora sobre sus restos. ¿Y mi hermano?, de él ni los restos para enterrar tendremos. Y lloró, tapándose la cara, avergonzado de llorar frente a los niños que lo miraron con curiosidad y apresuraron el paso, pasando a su lado en silencio. Luis y él se habían llevado bien aunque nunca tuvieron mucho en común. Luis siempre fue mejor alumno que él, siempre voluntarioso, estaba listo a ayudar a la madre con las tareas de la casa, la limpieza, los mandados, sobre todo después que murió el padre. Él había sido la oveja negra, el que le dio más trabajo a la madre, no quería estudiar, perdía los exámenes, dormía hasta tarde. Igual que ahora, recordó y sonrió por un instante. ¿Cómo le digo a la vieja? Se preguntaba una y otra vez. Mientras trataba de inventar frases que le permitieran decir la verdad en la forma menos dolorosa, imaginaba la expresión de su madre, el grito de dolor, el llanto, la desesperación, la impotencia, y él, parado frente a ella, incapaz de disminuir el impacto de la tragedia. Como un juglar, alternaba una y otra idea, descartando a todas, convencido de que debía encontrar otra alternativa, cuando sobresaliendo entre esas ideas, recordó. Se acordó de todas la veces que para evitar los rezongos de su madre cuando sacaba deficientes en la escuela no le decía nada, ni le mentía ni le decía la verdad, y semanas después, cuando ya nadie se acordaba de esa prueba o examen, si la vieja se enteraba ya no le daba importancia, había otras cosas en las que pensar. Eso es lo que tengo que hacer, se dijo súbitamente aliviado por haber encontrado una solución, por lo menos temporaria. No le voy a decir nada, esperaré unos días, y en el momento propicio Adela y yo le diremos. Pero no hoy, no hoy. Hoy la vieja espera buenas noticias y las tendrá.

Cuando abrió el portón de hierro la casa estaba tranquila. Mejor así, se dijo, forzando a sus músculos en una sonrisa que le hizo doler las mejillas. Tendré unos minutos más para inventar alguna mentira media lógica. Oyó las voces de su mujer y su cuñada en el fondo.

—¡Por fin te apareciste! ¡¿Dónde estuviste metido todo el día?! ¡Seguro que con la yira de la Pilar! —le gritó Rita desde la puerta del dormitorio asomándose al patio.

¡Pilar, Pilar, me olvidé de avisarle a Pilar que no la podría ver! ¡Me va a matar!, pensó tratando de que su expresión no lo delatara, y caminó hacia Rita pasando a su lado, entrando a la pieza y cerrando la puerta detrás de él. Adela estaba en el cuarto que ellos ocupaban, lo que era raro, Adela nunca entraba a la pieza de ellos.

—¿Por qué andás con la cara larga? Hace horas que te estoy

esperando, menos mal que me entretuve mirando revistas de novias con Adela. Tu madre dijo que...

—Luis está muerto —les dijo a las mujeres, sentándose al borde de la cama sin hacer, ignorando las quejas de Rita.

—¡Ay Dios mío! —exclamó Adela, persignándose e irrumpiendo en sollozos. Intentó salir de la pieza apurada, pero al verla, José se paró velozmente, la tomó del brazo y la detuvo.

—Esperá un momento —le ordenó y acercó al medio de la habitación donde Rita no se había movido y lloraba, los brazos cruzados sobre el pecho, abrazándose.

—¿Dónde está mamá?

—Llevó a los nenes a comer un helado —contestó Rita, la voz entrecortada, mientras Adela lloraba semisentada sobre el borde de la cómoda.

—¿Quién le dirá a Francisca? —preguntó Rita.

—Por ahora nadie.

—¿Qué estás diciendo? ¿Estás loco? ¿Cómo se te ocurre no decirle a mamá?

—No seas idiota. ¿No te das cuenta cuánto se preocupa la vieja por todo? Ahora está esperando noticias. Le decimos que todo está bien, y en unos días, cuando se nos ocurra que es un mejor momento, le decimos.

—¿Qué te hace pensar que en unos días va a ser mejor? Sos el mismo irresponsable de siempre.

—Andate a la mierda, idiota. A vos para lo único que te da el cerebro es para pensar cuándo acostarte con el Vicente.

—¡Dejalo a él fuera de esto!

—Por favor, no griten. Francisca debe estar por llegar —los trató de calmar Rita.

—¿Cómo se murió? —quiso saber Adela bajando la voz y cambiando de tema.

—Es feo, es feo... Mejor decidimos qué le decimos a la vieja.

—¿Por qué no me querés decir? —insistió Adela.

—¡Porque ahora no es el momento, carajo! ¡La vieja está por llegar y mejor que los tres estemos de acuerdo en qué decirle!

En ese momento se oyó el crujido del portón y las voces excitadas de los niños estallaron entre el zumbido de los insectos que invadían el patio todos los atardeceres de verano.

—José, José, ¿volviste? —oyeron la voz de Francisca acercándose.

—Sí, sí, mamá, acá estoy charlando con las mujeres.

—¿Qué le vas a decir? —susurraron casi al unísono Adela y Rita.

—No sé. Algo ya se me va a ocurrir, ustedes no la embarren.

—Yo creo que es mejor decirle la verdad —interrumpió Adela, tratando de controlar las lágrimas.

—No ahora. Callate —le ordenó su hermano en el momento en el que Francisca abría las persianas-puertas que Adela y Rita habían cerrado para mantener el cuarto a oscuras durante las horas de calor intenso de la tarde.

—¿Qué te dijeron de Luisito? —le preguntó a su hijo mientras se acercaba, paraba en puntas de pie y extendía el cuello besándolo ligeramente en la mejilla, los dos niños atrás de ella corriendo hacia la madre, las manos pegoteadas de helado.

—Mami, mami, ¿a que no adivinás lo que nos compró la abuela?

—Ahora no, ahora no. Vamos al patio un rato, así papá puede hablar con la abuela —les dijo en voz baja y salió del cuarto con los niños dejando a Francisca con sus dos hijos.

—¿Qué pasó Josecito? ¿Malas noticias? —preguntó asustada.

Ni se te ocurra decirle que Luis está muerto, pensó, y miró a Adela de reojo, una mirada amenazante.

Mentiroso de porquería, pensó Adela, no sé cómo vamos a salir de este lío. Me pregunto qué excusa le vas a dar a mamá cuando manden las ropas de Luis sin él.
—Bueno, bueno, contame. Vení, vamos a la cocina a tomar algo fresco y hablamos. —Adela y José la siguieron hacia la cocina y se sentaron a la mesa, mientras Francisca sacaba los vasos del escurridor y servía un refresco. José miró a Adela y puso su dedo sobre sus labios indicándole así que se mantuviera callada.
—Ahora sí estoy lista. Contame. —Se sentó entre ambos, mirando a José con absoluta concentración.
—Bueno, no tengo tanto para contarte mamá. Todo está bien. A los jerarcas les mandan noticias, pero el correo normal se atrasa. No me dijeron mucho más, sabés que esas cosas son secretas.
—Claro, claro, todo eso es secreto —confirmó Francisca sin que ninguno de ellos tuviera ningún conocimiento acerca de cómo funcionaba el ejército. Sonrió y tomó las manos de su hijo entre las suyas. —No sabés la tranquilidad que me has dado. Hoy voy a dormir tranquila. Pero antes le voy a escribir a Luisito así mañana por la mañana, en cuanto salga a hacer los mandados, llevo la carta al correo.
José y Adela se miraron de reojo sin saber qué decir. Te felicito por la idea brillante, pensó Adela mirando a su hermano de soslayo.
—¿Sabés lo qué, mamá? —dijo Adela antes de que José pudiera contestar. —¿Qué tal si de ahora en adelante pongo las cartas en el correo de la oficina? Creo que es más seguro que el del barrio y más rápido también. Vos sabés que todos los jefes mandan un montón de papeles importantes al extranjero y nunca se pierden. —¿Viste pedazo de idiota cómo yo también tengo ideas? Pensó mirando a su hermano. No es tan estúpida como yo creía, pensó José y le sonrió.
—¡Qué bien! ¿Qué sería de mí sin ustedes? —Francisca se

levantó de la silla y satisfecha se fue a su dormitorio a escribirle una carta a Luis. —No tienen que lavar esos vasos, yo lo hago mañana temprano. Buenas noches hijos.
—Hasta mañana, mamá —contestaron ambos al unísono.

A la mañana siguiente, cuando Adela entró a la cocina a tomar su té con leche y tostadas encontró a Francisca tomando mate, sola, mirando los titulares del diario y pasando las hojas sin detenerse a leer ningún artículo.
—Buen día mamá —la saludó, su cartera en la mano, maquillada y lista para salir.
—Qué milagro tan temprano hijita —se sorprendió Francisca—. No te esperaba tan temprano por acá. Ya te preparo el desayuno. —Francisca cerró el diario y comenzó a pararse cuando Adela la interrumpió.
—No hay apuro mamá, hoy tengo tiempo. —Me apuré como loca para encontrarla antes de que cambiase de idea y llevase la carta al correo, pensó mientras se sentaba a la mesa y acercaba el diario que Francisca había abandonado. ¡Cómo no se nos ocurrió!, se dijo sorprendida, asustada, de repente hay un artículo acerca de los soldados muertos en estos últimos días y nombran a Luis. No podemos dejar que mamá lea el diario por varios días, tengo que prevenir a José y a Rita. Uno de ellos va a tener que leer el diario antes de que llegue a manos de mamá.
—Se te ve cansada hija. ¿Dormiste bien? —Francisca parecía poseer un radar que le indicaba los estados de ánimo y preocupaciones de sus hijos con la sensibilidad de un aparato de alta precisión, pero había aprendido que la palabra equivocada en el momento inoportuno traía quejas y enojos de sus hijos que ella prefería evitar. Uno tiene que saber hasta dónde se puede hablar, se dijo no sin cierto orgullo.
—El calor no me dejó dormir bien, mamá. Además había un mosquito zumbando alrededor mío y me volvió loca toda

la noche. —El mosquito de la muerte de mi hermano, pensó. Adela había llorado toda la noche. Una muerte injusta, totalmente innecesaria, sin ninguna razón, sin justificación, se repetía. Y encima de todo, ni siquiera vamos a poder darle una sepultura como se merece. Debería hablar con el cura, pensó mientras pretendía estar concentrada en las noticias nacionales. Pero si le digo, el cura va a llamar a mamá. Ni eso podré hacer por las idiotas ideas de mi hermano. Recordaba a Luis mientras pretendía leer el diario, la vista fija en los parágrafos que parecían borronearse y entreverarse el uno con el otro. Fue después de la muerte de su padre, cuando Luis tenía veintitrés años y ella quince, que la relación entre ambos pareció crecer y lograron una cercanía que no habían tenido antes. Simplemente saberlo cerca le daba una calma que no podía tener de otra manera.

—¿Qué estás pensando Adelita? Acá tenés tu té, pero no tengo más mermelada de ciruelas, los nenes la terminaron ayer.

—No importa mamá, no tengo mucha hambre. Dame la carta para Luis y me voy —le contestó levantándose de la mesa, doblando el diario y poniéndolo debajo de su brazo.

—Pero vas a tener hambre si te vas sin comer. ¿Y a dónde vas con el diario?

—Lo voy a terminar de leer en el ómnibus. Mejor me apuro. Te veo de nochecita. Si viene Vicente a comer te aviso.

Adela caminó apresurada por el patio tratando de evitar más preguntas de su madre. Apenas cerró el portón se acercó al tacho de basura, levantó la tapa de metal endentado y tiró el diario. Cuando llegó a la oficina, una de las primeras en sentarse a su escritorio, sacó la carta de su cartera de plástico imitación cuero, y la sostuvo en sus manos por unos instantes preguntándose qué hacer con ella.

No quiero leer lo que escribió mamá, es como si me metiera en un asunto privado pensó, pero seguro que vamos a tener que contestarla, porque mamá va a seguir esperando noticias. ¿Cómo vamos a saber qué contestar si no sabemos qué escribió? Convencida de la lógica de su razonamiento abrió el sobre con un abrecartas de metal que extrajo del cajón donde guardaba una tijera, lápices y gomitas en perfecto orden. Sacó el pedazo de papel a rayas cuidadosamente doblado y escrito con una lapicera azul que perdía tinta, y miró a su alrededor asegurándose de que nadie la estaba mirando. No podía arriesgarse a que algún compañero curioso le preguntara de quién provenía la misiva.

La carta estaba fechada el día anterior, Enero 28. Leyó las pocas frases rápidamente sin detenerse en los errores de ortografía que saltaron a la vista. Sintió cierta vergüenza al notar esas palabras mal escritas, evidencia de la educación limitada de su madre. Bueno, se dijo, no es culpa de mamá si los abuelos la sacaron de la escuela antes de terminar la primaria, en esa época las mujeres no iban a la escuela, bastante bien escribe.

Querido Luisito:
¡Estoy tan contenta de que estás bien! Josesito se pasó todo el día buscando noticias tuyas.
Acá hase mucho calor. ¿Hase calor donde vos estás? Los nenes están preciosos. Josesito sigue sin trabajo. La Adelita sigue con su novio, ya lo vas a conoser. Ahora duermo en tu piesa. La Rita y Josesito ocupan mi piesa. Pero nos vamos arreglando. Escribinos pronto. Te queremos mucho. Te beso
Mamá

¿Y ahora qué hago con todo esto? se preguntó Adela mientras metía el sobre en uno de los cajones, debajo de formularios que ya no eran necesarios. Decidió esperar hasta poder hablar con su hermano. No tenía mayor deseo de hablar con Rita. Ésa se vino a instalar a mi casa, se dijo exasperada, y ahora mamá la tiene que atender a ella también, como si la pobre vieja tuviera poco. Adela consideraba su derecho el ser atendida, sobre todo por su madre, quien, a pesar de lavar la ropa a mano, cocinar, hacer mandados y limpiar la casa, le seguía dando todos los gustos, preparando su desayuno, y tolerando sus enojos cuando la blusa que se quería poner para ir a la oficina no había sido planchada. Nunca tan siquiera se le ocurrió que podía planchar su propia ropa. Adela siempre se había sentido una aristócrata nacida en la familia equivocada. Resentía el nivel de modestia económica en el que vivía, se sentía atrapada en su trabajo de oficinista sin mayores posibilidades de avance, se avergonzaba al ver la casa vieja que necesitaba pintura y los muebles gastados. Cuando salía a tomar el ómnibus, impecable en la ropa que Francisca había lavado y planchado, caminaba por las avenidas con la cabeza alta, tratando de ser vista por lo que quería haber sido en lugar de por lo que era. Tal vez con Vicente pueda tener una casa recién construida, deseó, con muebles modernos, una casa sin olor a humedad, con calefacción central y no con esas estufitas roñosas que no calientan nada y uno se muere de frío en el baño. Hasta me voy a conseguir una empleada, que cocine y todo, y voy a dejar de trabajar, que trabaje Vicente, él ya gana bien.

En la casona mientras tanto, Rita hacía las camas y mientras observaba a José, quien se estaba vistiendo sin prestarle atención. Dudó por un instante si preguntarle a su marido a dónde iba tan temprano. Contrariamente a su mejor sentido común que le decía que se mantuviera callada, se oyó hablar, su voz enojada y algo ronca; era lo primero que decía desde que se había despertado.

—¿Tan temprano te vas a ver a esa puta?

—¿Ya empezás con las estupideces? ¡Mi hermano se murió, pasé una noche de mierda, no pegué un ojo y vos me atacás con tus estúpidos celos! ¡Dejame vivir! —se defendió y salió del cuarto para evitar tener que dar explicaciones porque la verdad era que tenía planes de ver a Pilar, aunque no sabía cómo hacerle saber que no la dejó plantada a propósito, le tenía que pedir perdón. José atravesó el patio a grandes zancadas cruzándose con su madre en el zaguán oscuro y fresco que llevaba al portón.

—Ah Josecito, buen día. ¿A dónde vas tan temprano?

—A buscar trabajo vieja. Estoy apurado —contestó sin detenerse. ¿Por qué le dije tal mentira? se preguntó mientras caminaba hacia la parada donde esperaría el ómnibus que lo llevaría hasta la fábrica.

Mientras viajaba parado en el ómnibus, apretado entre la gente que ya empezaba a oler mal, el sudor de sus cuerpos mojando las camisas y remeras, el viento caliente, el polvo y el hollín entrando por las ventanas semiabiertas, las frenadas del conductor forzando a los viajeros a mantener un precario equilibrio, apenas agarrados de las barras de metal caliente y pegajoso, José pensaba en Pilar y en su hermano, en su madre y en su mujer, en su falta de trabajo y la mentira que había inventado. Todo se entreveraba y nada parecía tener solución. ¿Qué le vamos a decir a la vieja ahora? dudaba. Alguien le va a tener que contestar la carta que le escribió a Luis; yo tengo la letra media parecida, pensó, además, le podemos decir que Luis no tiene una mesa donde escribir y por eso la letra no sale perfecta. Sí, se convenció, esa es una buena excusa. Pero Adela va a tener que decirme qué escribo, yo soy medio bestia para las cartas. La carta va a ser cortita, después de todo, si Luis está patrullando esa zona peligrosa no tendrá tiempo de escribir cartas largas. Unas palabras, nada más.

Los barrios iban desfilando frente a su mirada cansada, cada vez más alejados de la capital, cada vez más modestos, cada cuadra con más ranchos, niños descalzos y embarrados jugando detrás de los alambrados rotos, perros flacuchos, mestizos medios muertos de hambre, merodeando.

Gradualmente el panorama cambió al de una zona altamente industrial, una fábrica tras la otra, enormes monumentos de cemento sin ventanas donde miles de empleados, como él había sido una vez, veían pasar su vida frente a una máquina, a una cinta transportadora. Cuando finalmente llegó a destino, caminó dos cuadras hasta el portón por donde había entrado y salido por los últimos diez años y por donde creyó seguiría pasando hasta jubilarse. Manga de bandidos, se dijo, frustrado y dolorido, pensando en los jefes a los que envidiaba y resentía, y a todos los que sentía tenían un poder sobre su vida que él parecía carecer. Miró a su alrededor, la planta parecía estar desierta. Había llegado demasiado tarde para el comienzo del turno de la mañana y demasiado temprano para el de la tarde. Se sentaría debajo de un árbol a esperar a Pilar. Vio uno de tronco grueso y copa gigantesca que le daría la sombra necesaria para tolerar el calor intenso. Convencido de que Pilar saldría de la fábrica en tres horas, apoyó su espalda sobre el árbol y cerró los ojos. Se durmió sin proponérselo, agotado por lo que había vivido en las últimas veinticuatro horas. Lo despertó la voz de Pilar y su mano, tocándole la suya.

—¡José, José! ¿Qué hacés acá?

Estaba tan profundamente dormido que por un instante creyó que era su madre despertándolo y no sabía dónde se encontraba. Miró a Pilar sorprendido, su presencia lo desconcertó.

—José, ¿qué pasó? —insistió Pilar al notar que él no reaccionó a su pregunta.

—Me dormí.

—Sí, de eso me di cuenta. ¿Qué hacés acá?

—Luis está muerto —le dijo y comenzó a llorar.

—¡Ay, mi amor! —le dijo agachándose y abrazándolo—. Lo siento, cuánto lo siento.

Permanecieron abrazados por un largo rato, mientras

obreros y funcionarios de bajo nivel pasaban a su lado ignorándolos.

—Vení, vamos a tomar algo y me contás detalles. —Se levantaron, Pilar lo tomó del brazo, y caminaron lentamente varias cuadras hasta que entraron a un café oscurecido por las persianas entrecerradas por las que entraba un viento caliente y sucio.

—Hiciste bien en no decirle la verdad a tu madre —le dijo luego que él la puso al tanto de lo sucedido. Pobre mujer, pensó Pilar de Francisca, encima de tener que mantener a todos ellos se le muere el hijo favorito. Porque era claro que Luis siempre había sido el preferido de su madre. Pinta no le faltaba, recordó Pilar, pero para mí que era medio marica. Pilar lo había visto un par de veces y había, inútilmente, coqueteado con él. Con José no tuve que hacer mayor esfuerzo para conseguirlo, pensó.

—Decime, ¿qué van a hacer con las cartas?

—Adela, que por una vez pensó, las va a llevar a la oficina con el pretexto de que si salen de ahí no se van a perder —contestó.

—Pero, ¿qué van a hacer con las que le escriban ustedes? ¿Acaso vas a coimear al cartero?

—¡La pucha! ¡No había pensado en eso!

—Mirá, del cartero olvidate, porque a no ser que le des un montón de guita, el tipo no sólo que no te va a ayudar, pero te podés meter en líos.

—Aparte, yo ni lo conozco al fulano.

—¿Por qué no le decís a tu madre que por "cuestiones de seguridad", total ella no entiende, de ahora en adelante las cartas llegarán a alguna casilla postal y vos o tu hermana van a ir cada par de días a ver si hay algo?

—¡Sos un genio mi amor! —le dijo sonriendo y abrazándola por encima de los vasos con bebidas tibias que habían perdido la efervescencia.

Hasta yo me metí en esta mentira, pensó Pilar. Bueno, todo sea por la pobre vieja, total, ¿qué puede hacer una mentira con buenas intenciones?
—¿Cuándo le van a decir?
—Y, no sé. Pero yo no quiero decirle nada hasta que tenga trabajo y Adela esté casada o por lo menos comprometida.
Si esa yegua agarra al borracho de Vicente va a pasar a ser un récord; tal para cual, pensó Pilar.
—Me tengo que ir muñeco. Nos vemos, ¿si?
Adela se paró, le dio un beso en la mejilla y abrazó. —De veras lo siento, mi amor —murmuró cerca de su oído, y colgando el bolsón tejido sobre su hombro, se fue.
José la vio irse, moviendo sus caderas en la misma forma provocativa de siempre, notó cómo los otros hombres que estaban en el bar la miraron, y se preguntó cuánto tiempo pasaría hasta que Pilar encontrase un hombre que le pudiera ofrecer más que él. ¡Carajo!, se dijo, ni la invité a ir a un amueblado. Pero hoy, hoy no, por respeto al pobre Luis, hoy no.

Cuando entró a la casa, escuchó a Francisca tratando inútilmente de silbar una melodía. La vio al final del patio, una distancia que le pareció tremendamente larga entre ambos, parada frente a la jaula de los canarios ofreciéndoles trocitos de lechuga.
—¡Qué bueno verte contenta, vieja!
—Me asustaste Josecito —le dijo dándose vuelta y acercándose a él, quien la abrazó y besó suavemente sobre la cabeza canosa despeinada, haciendo un esfuerzo para contener las lágrimas.
—¿Qué pasa hijito?
—Nada vieja, nada. Es lindo verte contenta aunque más no sea dándole de comer a esos bichos.
—Pero yo estoy contenta teniéndolos a ustedes acá,

sabiendo que Luisito está bien, lo demás se irá arreglando de a poco.
—Sí mamá, todo se va a arreglar de a poco.
—¿Cuándo te parece que tendremos noticias de Luisito?
—Pronto mamá, pronto, estoy seguro.

Esa noche, cuando Adela se cercioró que Francisca estaba en su pieza, salió al patio tratando de no hacer ningún ruido y golpeó suavemente los postigos del cuarto de José y Rita. Su hermano y cuñada la estaban esperando. Adela no prestó mayor atención al desorden que había en la pieza, juguetes tirados por todos lados, la ropa de invierno de su madre metida en una caja al lado del armario que ahora estaba lleno de la ropa de los niños y de Rita, la cama deshecha.

—¿Tenés la carta?— le preguntó José al abrir la puerta postigo y dejarla entrar.

—No, la dejé en la oficina, no la necesitamos de todas maneras. Vamos a escribir algo rapidito y se la damos mañana. Le podemos decir que seguro se cruzó con la de ella por el camino —contestó sentándose al borde de una silla que necesitaba ser retapizada, empujando ropa interior de Rita hacia el costado. Tanto culo tiene que ni entra en la silla y tiene que toquetear mis bombachas, pensó Rita. Seguro que hasta husmea cuando José y yo nos acostamos. Como si te sirviera de algo toda esa ropa, pensó Adela, la Pilar tiene la sartén por el mango, y muchas cosas más, le contestó Adela con la mirada al notar la expresión de desprecio de Rita.

—¿Qué le decimos entonces? —preguntó José indiferente a la tensión que existía entre las mujeres.

—No mucho. Sentate y te dicto. Acá tenés papel y lápiz.

—Viniste preparada hermanita.

—Vos no sos el único genio acá —le contestó con ironía.

—Pero, ¿quién le va a dar la carta? Ella va a recibir al cartero todos los días —los interrumpió Rita.

—Ya pensé en eso también —y no sin cierto orgullo José

les explicó el plan que había creado Pilar.
—Bueno, ahora escribí —ordenó Adela, y José escribió.

Querida mamá:
Seguro que andás de lo más preocupada por mí, yo te conozco. Pero todo está tranquilo. Hacemos las maniobras, cosa de estar preparados, pero nadie usa los rifles ni hay combate. ¡Con decirte que la gente de por acá hasta nos traen comida a veces! No te pongas nerviosa si no recibís noticias en un tiempo, siempre hay algo que hacer y el correo es lento. Vos escribime a mí. Un abrazo a José, Rita y Adela. Besos a los pibes. Tu hijo,
Luis

—Bueno, ¿qué les parece la letra? —preguntó José mostrando el papel a su mujer y a su hermana.
—Igualita a la de Luis. Mamá no se va a dar cuenta —contestó Adela sosteniendo la hoja y estudiando los detalles.
—¿Cuándo se la damos?
—Ya que vos fuiste el que fue a buscar noticias, decile que te contactaron del cuartel con la información, algo así, y que recogiste la carta. No te hagas lío y no hables demasiado; ella va a estar tan contenta que ni va a oír lo que le trates de explicar.
Rita observaba la interacción entre los hermanos en silencio. A pesar de que ella podía haber hecho alguna sugerencia, sabía que Adela lo iba a resentir y que, después de todo, se trataba de su suegra. Ella mejor se mantenía callada, no fuera cosa de que la terminaran culpando a ella por las mentiras de los otros.
—No te olvides de ponerle algún sello —le recomendó Adela a José.
—¿De dónde diablos voy a sacar un sello?

—Ya te las vas a ingeniar, no podés ser tan inútil —le contestó. Como si yo supiera cómo va a terminar esta mentira, pensó, mamá no es ninguna idiota. Y bueno, siguió, que sea lo que Dios quiera, mejor me voy a dormir.

El calor ya era insoportable a las siete de la mañana, cuando José se levantó, tras haber pasado una noche de insomnio, el cuerpo dolorido, emocionalmente agotado. ¿Qué hago ahora? se preguntó sentado al borde de la cama con sábanas revueltas, donde Rita dormía con la boca abierta, el camisón levantado dejando ver sus nalgas al aire. ¡Qué mal me estoy portando contigo! pensó al verla. Se pasó las manos por el pelo sucio, entreverado, y miró el reloj. Recién las siete, pensó, y yo ni sé cómo voy a sobrevivir el día. Luis, pobre Luis, se dijo, y sin quererlo empezó a llorar. Su llanto despertó a Rita que se incorporó y lo abrazó sin que él se diera vuelta. —Las cosas van a mejorar, vas a ver —le dijo, sus labios rozando el hombro, y pensó, siempre y cuando dejes a esa yira, consigas trabajo y podamos mantener la mentira que se te ocurrió. José se desprendió de su abrazo y la dejó sola, sentada sobre la cama, sin saber si seguir hablando o no.

—¡Qué milagro Josecito, tan temprano en la cocina! —lo recibió Francisca mientras le servía bizcochos frescos a Adela.

—¿No podés mover el culo y agarrarte la comida sola?

Adela lo miró con desprecio y siguió masticando el croissant crujiente untado con manteca.

—¿Hasta cuándo te vas a hacer servir? —siguió, sulfurado, incapaz de controlar la irritación y sin entender por qué esa mañana el comportamiento de su hermana lo enojaba más de lo habitual.

—Por lo menos yo tengo un trabajo y un novio al que no le meto cuernos —le contestó fingiendo indiferencia, sorbiendo el té, hojeando el diario.

—Vamos, vamos hijitos, deberíamos estar contentos y agradecer a Dios que Luis está bien. José ya va a encontrar un

buen trabajo, y lo demás... bueno, todo se arregla a su debido tiempo.
—¡Bruja! —le gritó a su hermana.
—¿No tenés nada mejor que hacer hoy que ponerte rompedor conmigo?
—Josecito, ¿te preparo el desayuno?
—No vieja, mejor me voy de acá. No puedo ver como ésta abusa de vos.

José atravesó el patio rápidamente y cuando llegó al zaguán se recostó sobre la pared de mármol fría y deslizó hasta el piso de baldosas, sentándose y preguntándose a dónde ir. Sus ojos le ardían, quemaban, y los cerró por un momento concentrándose en el ruido monótono proveniente de la calle, autos, camiones, ómnibus, que parecían galopar sobre los adoquines. El golpeteo rítmico de los tacos de Adela lo distrajo y la vio acercarse. Ella pasó a su lado sin hablarle dejando tras de sí una ráfaga de perfume a rosas, y salió a la vereda, la cabeza en alto, la espalda recta. José metió la mano en el bolsillo de sus pantalones y tocó el sobre con la carta que debía entregar a su madre, cerrando sus ojos otra vez y escondiendo la cabeza entre las piernas.

José volvió al anochecer, cuando el aire húmedo y caliente se había impregnado en las paredes de cemento que quemaban al ser tocadas. Había caminado todo el día, deambulado por las calles, entrado a un café, sentado en bancos de plaza vacíos; la gente refugiándose en los negocios equipados con aire acondicionado. Al atravesar el portón de hierro, mientras caminaba por el zaguán hacia el patio, forzó una sonrisa que no sentía, tratando de entrar en el papel que debía interpretar, un actor entrando en la escena.

—¡Vieja, vieja! —llamó a su madre sosteniendo el sobre blanco con su brazo extendido, agitándolo como una bandera, señal de paz.

—¿Qué pasa Josecito? —preguntó Francisca saliendo de la

cocina, secándose las manos con el delantal.

—Tengo una sorpresa para vos —le contestó escondiendo la carta detrás de la espalda.

Rita y Adela, que estaban en la cocina con Francisca, salieron detrás de ella observando la escena que se estaba desarrollando frente a ellas, testigos y partícipes.

—¿Qué tenés ahí, hijito?

—Mirá lo que te traje— le dijo esforzándose para sonreír y no llorar.

—¡Ay Dios bendito! ¡Carta de mi Luisito!

Francisca la tomó en sus manos enrojecidas por el agua y jabón en los que siempre parecían estar metidas, y la acercó a sus labios, besándola, entrecerrando sus ojos que se llenaron de lágrimas.

—Vamos vieja, no es para tanto— José le dijo, tratando de disminuir la intensidad del momento, notando que sus labios le temblaban.

—¡Muéstrenos Francisca, díganos qué dice!— se oyó la voz de Rita, que al notar la emoción de su marido decidió socorrerlo antes de que Francisca pudiera notar que la expresión de José no era más que una máscara.

Francisca abrió el sobre apurada y leyó en voz alta, secando sus lágrimas con el delantal que olía a ajos y puerro. Adela se acercó y la abrazó. —¿Viste cómo no había que desesperarse tanto? Seguro que tu carta se cruzó con la de él.

—¡Qué alegría! —repetía Francisca, que ni miró el sello, imitación de uno real que José había encontrado dentro de una caja que contenía las piezas incompletas de un juego de mesa para niños. —En cuanto terminemos la cena, le escribo.

—No hay que exagerar, vieja. Luis te dice que está ocupado. Seguro que si le escribís una vez por mes él va a estar contento.

—Sí, pero él me dice que le escriba, ¿ves? —le dijo a su hijo mostrando la carta. José miró a Adela de reojo, la autora de la misiva, —y a mí me sobra el tiempo. Mañana mandamos otra carta.

Cuando terminó de lavar los platos y refregar con su esponja de aluminio las hornallas de la cocina a gas, Francisca apagó la luz de la cocina y atravesó el patio rumbo a la que era ahora su habitación. El corazón le latía con fuerzas, la anticipación de escribir otra carta sabiendo que recibiría contestación la emocionaba. Gozaba cada instante sonriendo para sí. Dejó los postigos entreabiertos, disfrutando de la brisa leve, tibia, de la madrugada. Parada sobre el escalón, que desgastado por el paso del tiempo estaba casi al mismo nivel que las baldosas del patio, miró sus plantas, inhaló el perfume de los jazmines, miró el cielo estrellado y oyó murmullos indistinguibles provenientes del cuarto que compartían José y Rita. Todo parecía estar en calma, la calma que ella necesitaba. Se acercó al tocadiscos de madera, aparato ya anticuado que su marido le había regalado para un cumpleaños varias décadas atrás, y buscó un disco, su favorito. Mientras lo buscaba, tarareaba la melodía del aria que la soprano cantaba en esa ópera y cuyas palabras ella nunca supo ni entendió, pero que la hacía llorar siempre que la escuchaba. ¡Ay Luis!, dijo hablando con su difunto marido, ¡qué linda que fue aquella salida! ¡Tanta música, tanta gente! El teatro, la ópera, un mundo con el que ella nunca había imaginado, ni siquiera soñado o deseado, y que conoció por pocas horas desde la última fila de la galería cuando cumplió cuarenta años y Luis la sorprendió con dos entradas. Que fueron entradas ganadas en una rifa y que ni siquiera Luis las había ganado sino que eran de un compañero que no las iba a usar y se las regaló como agradecimiento por un favor prestado, no tuvo importancia para ella. Sentada en la galería, tan lejos del escenario que los artistas tenían un aspecto liliputiense, fue uno de los días más memorables de su vida. Tanto se emocionó con el drama que se desarrollaba en la escena, y habló por tantos meses de aquella noche, que para su siguiente cumpleaños Luis le regaló el disco. Ahora, sentada al borde de su cama, apoyando un cuaderno en forma precaria sobre su falda, escribía a su hijo, la voz de la soprano envolviéndola.

Querido hijito:
¡Qué lindo fue recibir tu carta! Me dejó tan contenta, me hiso llorar de alegría. Cuidate de la comida que te de la gente de por ahí, no sea cosa que te haga mal al estómago. Todos estamos bien, pero Josesito no tiene trabajo todavía. La Rita se pone impasiente. Pobre Rita. A veces Josesito no le tiene pasiencia. Te acordás de la Pilar? Creo que esa mujer le entreveró la cabeza al Josesito. Yo nunca la ví, pero oí de ella. Pero, no quiero preocuparte con estas cosas, vos estás lejos y tenés cosas más importantes que haser. Adelita sigue con el Vicente. Capaz que hasta se nos casa y todo. Vas a estar tan churro vestido en uniforme para el casamiento! O no te van a dejar venir en uniforme? Vos escribí cuando puedas, yo voy a escribir bien pronto otra ves. Te mando muchos besos. Cuidate, no vayas cerca de donde hay peligro.
Te quiero
Mamá.

Francisca cerró el sobre con cuidado, lo colocó sobre la tapa del tocadiscos, guardó el disco en el sobre de cartón con bordes gastados y se metió en la cama tapándose apenas con la sábana, deseando que su hijo la leyera pronto.

—Ahora decime qué contestarle a ésta —le dijo Adela, no sin irritación, cuando volvió del trabajo al día siguiente, mostrándole la carta.

—¿Qué querés que yo haga? Vos sos la experta, ¿no?

—No te hagas el vivo conmigo. Todos sabemos que le metés cuernos a Rita y eso es cosa de ustedes. Yo lo que quiero saber es qué decirle a mamá.

—No sé, no sé. Decile cualquier cosa —le contestó, rasqueteándose la cabeza, un gesto nervioso que tenía desde niño siempre que se encontraba en una situación de la que no sabía cómo salir. Qué carajo quiere que yo haga, pensó, como si yo supiera qué hacer, además tengo que ver a Pilar, debe estar de un humor de perros, la tengo que llamar. Ella se hace la viva porque la vieja está convencida que el curda de Vicente se va a casar con ella, lindo milagro va a ser si lo engancha.

Dale, hacete el inocente, pensó Adela, tu mujer por poco que me gusta, es mejor que la puta de la Pilar.

—Bueno, decidí porque le vamos a tener que contestar algo.

—No le muestres la carta a Rita. No quiero más líos.

—Está bien, te voy a hacer el favor, ni sé por qué, pero andá pensando qué hacer, yo no voy a hacer todo por vos. Después de todo, vos fuiste el de la idea de no decirle a mamá.

—Tenemos tiempo. Dejame pensar. —Lo que necesito es ver a Pilar, pensó. —Mirá, vamos a no escribir más de una por mes, así tenemos tiempo.

—Bueno, tenés cuatro semanas. Pero no te olvides que mientras tanto mamá va escribir varias.

—No va a tener tanto para contarle, no pasa nada por acá.

José dejó a su hermana y salió de la casa antes de que Rita, su madre o sus hijos lo detuvieran con preguntas, quejas, pedidos, para él tonterías, en busca de un teléfono público de donde podía llamar a Pilar. Si no cenaba con ellos, mejor. No se sentía capaz de tolerar gritos y peleas. Dos horas más tarde, se encontró con ella en un cafetín de un barrio lo suficientemente alejado de su casa como para que nadie los viera.

—¿Para qué me contás lo que tu madre le escribe a tu supuesto hermano? Ya te dije muchas veces, yo no quiero ni hablar ni escuchar de tu mujer, tus hijos, o tu madre, todo eso es cosa tuya. —Pilar, cansada luego de haber trabajado doble horario, hambrienta por no haber comido en más de diez horas, lo miró irritada mientras prendía un cigarrillo y entrecerraba los ojos sin disimular su falta de interés. Su actitud distante lo desilusionó.

—Está bien, está bien, —le dijo ofendido. Él tenía muy claro que lo que Pilar quería era una tarde cada varios días en un amueblado, y lo que él quería también, pero ahora se sentía desilusionado, le faltaba algo que no podía precisar ni entender. Ahora necesitaba su ayuda y ella no parecía entenderlo—. Si no querés no te hablo de nada. Porque total, todo está perfecto —le dijo con ironía.

—¿Qué te venís con ese tono? Me hacés venir hasta acá cuando estoy muerta de cansancio, vos que no hiciste nada en todo el día y te levantás cuando yo estoy terminando el primer turno. Y encima de todo, esperás que te ayude con esa estúpida mentira. Yo no sé qué se creen tu hermana y vos, ¿que tu madre es tan idiota que no va a sospechar nada?

—No te metas. Además, vos también me diste una idea, ¿o ya te olvidaste? ¡Y no necesitás recordarme que vos trabajás doble cuando yo ya no tengo ni para pagarme un café!

—Por empezar no me chilles, si te echaron tendrían sus razones. Además me dio lástima tu madre, pero todo tiene un límite. Mirá, mejor me voy. Estoy deshecha y en un par de horas entro a trabajar otra vez —le dijo levantándose y colgando sobre el hombro la cartera tejida que llenaba con cigarrillos, papeles que se olvidaba de tirar y cosméticos gastados.

—¡Esperá un poco! —le dijo en voz alta, agarrándola de un brazo—. ¡¿Qué querés decir que tenían sus razones?! Ahora encima de todo me vas a echar la culpa de que me echaron. ¡Lo único que faltaba! ¡La señora está del lado de los patrones! ¿O te estás por acostar con alguno de los jefes? ¡Y bueno, cuando estés en la mejor parte y lo tengas bien agarradito, de repente me podés hacer el favor y pedirle un trabajito para mí!

—¡Soltame idiota! ¡¿Qué te creés que sos, infeliz?! —Pilar se zafó de su brazo, metió la mano en su bolso desordenado y sacó varios billetes que tiró sobre la mesa.

—Así no tenés que gastar lo que no tenés —le dijo con desprecio y se fue.

—Andate a la mierda —musitó al verla irse. Esperó varios minutos, dejó la plata sobre la mesa y caminó despacio hasta la parada, preguntándose por qué lo echaron.

—Josecito, ¿qué hacés volviendo a casa a estas horas? —la figura de su madre asomando de su pieza, vestida en camisón de algodón blanco, con un escote que dejaba entrever sus pechos fláccidos, lo sorprendió y molestó. ¿De dónde sacar la paciencia que necesitaba para no contestarle a su madre una grosería? se preguntó. Todo le iba mal, no sabía cuánto más podía aguantar.

—¡Dejame tranquilo, vieja! ¡Ya ni puedo ir y venir sin que me hinches! —le dijo sin mirarla, pasando a su lado, molesto consigo mismo por haberle contestado así y con ella por entrometida, y entró a su pieza, enojado con ella, con él, con Pilar, con sus jefes, con el mundo. Se desvistió tratando de no hacer ruido, tratando de evitar un enfrentamiento con Rita quien parecía estar dormida.

Le grito y armo una pelea o pretendo dormir, se preguntaba Rita mientras escuchaba el ruido que su marido trataba de no hacer, sacándose la ropa y dejándola en desorden sobre el sillón. ¿Cuánto tiempo más voy a aguantar en esta casa? No sé por qué mejor no se va del todo con esa yira y me deja vivir tranquila con los chicos, total, para lo que me sirve tenerlo como marido, y sin quererlo una lágrima mojó su mejilla. Se durmió pensando si irse al interior a casa de sus padres o quedarse allí unos meses más esperando un milagro que pudiera mejorar su vida, pero que dudaba pudiera ocurrir.

Mientras tanto, en el cuarto de al lado Adela seguía despierta, los ojos fijos en el techo alto con parches de pintura verde clara descascarada, preguntándose si no debería fijar fecha de compromiso y casamiento antes que Vicente se echara para atrás. Me tengo que ir de esta casa, se repetía, consciente que José recién había vuelto y que en cualquier momento iba a ser testigo involuntario de una pelea entre su hermano y su cuñada. Adela soñaba con tener su propia casa, un deseo intenso, una necesidad casi física de escapar de lo que la avergonzaba. Tendría un jardín, imaginaba, y un jardinero porque ella no se iba a embarrar las manos, y necesitaría por lo menos una empleada, porque ella iba a tener vida social activa, no como su madre que lo único que siempre hizo fue limpiar y cocinar, y un auto, ahora sí necesitaría un auto, una vez casada con Vicente no iba a andar trepándose a los ómnibus como cualquier pobre diabla, ni corriendo atrás de un taxi. Sí, se decía, no se podía vivir de otra manera, ella se iría de esa casa fría y húmeda lo antes posible. Imaginando la decoración del living de la casa que no tenía se durmió.

A la mañana siguiente, mientras Rita preparaba la leche y los bizcochos para los niños, Francisca abría y cerraba los cajones del aparador descartando lápices sin punta y lapiceras sin canuto.

—¿Qué busca Francisca?

—Una hoja de papel. Le voy a escribir otra carta a Luisito, no quiero que se piense que lo olvidé.

—¡Pero Francisca, recién le escribió y acabamos de recibir una de él! ¿Por qué mejor no espera unos días, o un par de semanas?

—No, no, él se va a sentir muy solo si nadie le escribe.

—Mire, tengo una idea —le sugirió mientras cerraba los cajones y le ponía su mano sobre el hombro de Francisca—. ¿Por qué mejor no nos turnamos y cada uno le escribe una vez por semana? Así a cada uno le toca escribir una vez por mes y no aburrimos a Luis contándole siempre lo mismo.

—¡Qué buena idea, querida! Le voy a decir a Josecito que escriba él la próxima y yo le escribo en cuanto tenga más para contarle. —Francisca se acercó a Rita y la abrazó con cariño.

Pobre muchacha, pensó, debería hacer algo para conquistar a Josecito, arreglarse un poquito más, el Josecito siempre fue dragoneador y ella se lo tiene que conquistar otra vez.

—Decime, Rita, ¿por qué no te vas por un rato? Andá a la peluquería. Tomá, tomá, —le dijo acercándose otra vez al aparador y sacando unos billetes de su monedero— comprate un lapicito de labios.

—¿Qué le dio Francisca? —Lo único que faltaba, pensó Rita, que me tenga que dar esta limosna, como si fuera tan fácil que José dejara a esa loca. —No Francisa, no lo puedo aceptar. Tenemos demasiados gastos. Cuando José tenga empleo otra vez y Adela esté casada y en su casa y Luisito esté de vuelta, entonces sí le voy a aceptar un regalo, pero por ahora no, gracias. —Nunca vamos a salir de este pozo, pensó, y trató de sonreír.

—¡A comer chicos!— llamó a sus hijos asomándose al patio, todavía vistiendo el salto de cama que se había puesto al amanecer, cuando José todavía dormía.

Los días y semanas de ese verano tórrido y húmedo que parecía no tener fin transcurrían en una rutina predecible, cada uno rodeado por un molde de su propia creación, molde que aunque no siempre cómodo era el único que tenían, que ellos mismos habían creado y que los otros reconocían y aceptaban, cada paso previsto, cada palabra repetida, el equilibrio precario. Francisca sumergida en las tareas de la casa, esperaba noticias de Luis, cada día, cada hora, Rita ayudaba sin ganas a su suegra fingiendo las esperanzas que había perdido, viendo cómo su marido parecía estar cada vez más lejos de ella, Adela, dejándose servir por su madre y soñando con el día en que otros la sirvieran, temiendo un alejamiento del novio que necesitaba conservar de cualquier manera, mientras que José trataba de atrapar la paz momentánea que apenas lograba cuando se encontraba con Pilar en un amueblado, carente de esperanzas, cada vez más hundido en lo que sentía como un pozo profundo del que ignoraba cómo salir, consciente de la necesidad que tenía de recibir el consejo de su hermano y recobrar el amor propio que había desaparecido.

Casi un mes después de haber escrito la primera carta pretendiendo ser su hermano, José decidió que era hora de escribir la siguiente.

—Adela, —llamó a su hermana golpeando suavemente en el postigo de su dormitorio— tengo que hablar contigo.
—Entró tratando de no hacer ruido, mostrándole una hoja en la que había escrito la carta que le entregarían a Francisca al día siguiente.

Querida mamá:
Vos siempre preocupándote por todos, no cambiás, ¿eh? Estoy seguro que José no tiene otra, él siempre estuvo enamorado de Rita. ¿O no te acordás cuando la perseguía a la salida del liceo y no la dejó tranquila hasta que no fue con él al baile del club?
Ya va a conseguir trabajo, vas a ver. Y por mí no te preocupes, la comida es buena, nadie me quiere envenenar. Me hice de varios amigos, ya los vas a conocer.
Andá preparando el ajuar para Adela. Vicente parece ser un buen candidato.
No tenés que escribir todas las semanas, hacé que el haragán de José también me escriba. Yo contestaré cuando pueda, estamos ocupados. Chau viejita. Te quiero mucho. Abrazos a todos,
Luis

—¿Qué te parece? —le preguntó no sin cierta ansiedad mientras ella leía.

—Estás aprendiendo. Por lo menos la redactaste bastante bien. Y gracias por lo que decís de Vicente, no creí que te cayera tan bien.

—Lo hago por la vieja, el tipo es un rufián.

—¿Qué decís fracasado?

—Lo que oíste, el tipo no me gusta, pero es cosa tuya. Y guardate tus insultos, no es mi culpa si no tengo trabajo.

—Si te pasás el día esperando a encontrarte con Pilar no podés tener tiempo de buscar trabajo.

—¿Qué sabés vos de cómo yo paso el día?

—No importa, mejor dejemos todo así. Andá a poner la carta en un sobre y se la das mañana.

José colocó el papel en el bolsillo de su pantalón y ya de espaldas a su hermana, mientras salía de la pieza, oyó su voz otra vez, sorprendentemente carente del sarcasmo que caracterizaba la mayoría de sus conversaciones. —No creí que te acordaras qué enamorado estuviste de tu mujer una vez. —José salió y no le contestó, preguntándose él mismo qué le había llevado a escribir lo que ahora parecía un detalle ocurrido tantos años atrás.

—¡Qué alegría! ¡Otra carta de Luisito! —exclamó Francisca mientras arrancaba el sobre de entre las manos de José y lo abría con manos temblorosas. Parada en medio del patio, devoraba las palabras y besaba el papel, mientras José intercambiaba una mirada de complicidad con Rita que lo había visto llegar y observaba la escena desde la ventana de la cocina.

—¡Rita, Rita! —llamó a su nuera.

—¿Qué dice Francisca?

—Cuidá el horno, yo le voy a contestar a Luisito. Voy a estar lista en cuanto estén todos sentados a la mesa, y decile a Adelita que le sirva un refresco a Vicente. El pobre muchacho debe estar muerto de calor.

— Sí, vaya, vaya, Francisca, yo me encargo de la comida —le contestó mientras miraba a su suegra entrar a su cuarto, carta en mano, con una agilidad y entusiasmo que le envidió.

—Llamá a Adela, —le pidió a José cuando éste entró a la cocina —debe estar mimando al idiota de Vicente. Lo tiene que cuidar bien, no sea cosa que se le escape.

—A mí tampoco me gusta el tipo —contestó mientras mordisqueaba las aceitunas que Rita colocaba sobre un platillo.

—¿Qué le escribiste esta vez?

—No mucho, que no se preocupe, ese tipo de cosa.

—¿Por qué no me mostraste la otra carta?

—¿Cuál?

—No te hagas el inocente. No me mostraste ni la que tu madre escribió ni la que ahora está leyendo.

—Porque no había nada importante, las cosas de siempre.

—¿Qué son las cosas de siempre? ¿Por qué no me mostraste esas cartas? ¿O Francisca dice algo que tenés miedo que yo vea?

—¿Qué puede decir la vieja que sea tan secreto?

—Vos sabrás. Yo no te voy a poner palabras en la boca.

—No sé qué te importa lo que la vieja diga y lo que yo conteste.

—¡Porque soy tu mujer, aunque vos lo lamentes y porque por ahora vivo acá y soy parte de esta mentira idiota!

—¡¿Qué querés decir con que por ahora vivo acá?!

—¡Lo que oíste! ¡¿Cuánto tiempo más te creés que voy a aguantar acá?! Tus mentiras, tus secretos, tus escapadas con esa loca, ¿te creés que yo soy tan estúpida? Y ni siquiera te molestás en buscar trabajo. ¿Vos te pensás que los nenes no se dan cuenta de que ni nos hablamos, me ignorás, no estás nunca con ellos o te pasás durmiendo como un vago?

—¡Dejá a los pibes fuera de esto!

—Para que sepas, no sé cuánto más voy a aguantar acá.

—¡Eh cuñado! —los interrumpió Vicente saliendo del cuarto de Adela, abrochando la camisa arrugada y ajustándose los pantalones sin disimular. Rita se dio vuelta de inmediato, dándole la espalda y fingiendo indiferencia, enjuagando la verdura que ya había lavado. ¿Cuánto tiempo más voy a aguantar acá? se preguntó, ¿cuánto tiempo más?

José salió de la cocina ignorando a Vicente. ¿Y si se va?, se preguntó recordando las palabras de Rita. No, seguro que me lo dijo para asustarme, porque sospecha de Pilar, no, seguro que no se va a ningún lado. ¿A dónde iría? No, no tiene a dónde ir.

—¡Qué carácter el hombre! —dijo Vicente notando el trato de José—. Espero que a vos no te trate así —le dijo a Rita acercándose y tocándole un hombro con su mano.

—¡Ni te atrevas! ¡Cochino! —le gritó escapando de la presencia del hombre que la repugnaba— ¡Ojalá que Adela se avive y te deje!

—¿Quién está hablando de mí? —Adela entró a la cocina, simulando una sonrisa y fingiendo una ignorancia que no tenía. Un puerco, pensó, es un puerco. Se mete con Rita sabiendo que yo estoy en la pieza de al lado. Si es así ahora, ¿qué me espera después de casados?

—Francisca está leyendo la carta, Adela. Me encargó que te diga que le des un refresco a Vicente.

—¿Y tu vieja se cree esa mentira?

—¿Él también sabe? —preguntó Rita asombrada.

—Si vos sabés, ¿por qué no va a saber él?

—Así me gusta amorcito, que siempre me defiendas —le dijo abrazándola y pellizcándole una nalga. Adela sonrió en forma inocente, pareciendo olvidar lo que había pensado segundos atrás.

Francisca, ajena a lo que estaba transcurriendo en la cocina, releyó con orgullo la carta que estaba por poner en un sobre.

De padres, hijos y muerte

Querido hijo:
Que alegría me dio recibir tu carta. Qué lindo saber que estás bien, sano y que todo pasa normal. Ojalá pudiera darte buenas noticias. No quiero que te preocupes por nosotros, pero nesesito tus consejos. Ojalá tus hermanos te tuvieran cerca. Vos decís que Josesito estaba tan enamorado de Rita. Si me acordaré de aquellos tiempos. Pero él no creo que se acuerde, yo estoy segura de que anda en amores con esa mujer, y casada y todo, una pecadora. ¿Y por qué no se busca un trabajo? ¿Vos lo podés recomendar? Yo sé que estás muy lejos, pero de repente conosés a alguien, y él le puede hablar, no tiene que ser gran cosa, cualquier trabajito, aunque sea alguna changa, porque no es bueno para el muchacho no tener nada que haser todo el día. Seguro que solo piensa en ver a esa mujer. Ahora el Vicente está en casa. Adelita está tan enamorada, ella sí que nesecita marido. Pero, a vos te lo puedo contar, me duele en el corazón decirlo, pero el Vicente le da cada mirada a Rita que ni te cuento. Es medio atrevido. Pero, si eso es lo mejor que Adelita pudo conseguir, ¿qué se puede haser? Así lo habrá querido Dios.
Ellos seguro que te escriben lindas cartas. No los preocupes con mis cositas, cosas de vieja que se preocupa por los hijos. Cuidate hijito. Te quiero mucho.
Mamá

—Tenés otro mes para pensar en algo inteligente —le advirtió Adela a su hermano mostrándole la carta que su madre le había dado antes de la cena. —Asegurate de que salga mañana mismo, quiero que Luisito la reciba lo antes posible —Francisca le había pedido cuando le entregó el sobre cerrado. —Francisca, —había interrumpido Vicente —el Luis seguro ni se imagina lo que todos nos preocupamos por él. —Mejor que te calles o te mato, pensó José y lo miró con tal desprecio que obligó al otro a bajar la mirada.

—Pero esta vez no habla sólo de mí —le dijo al leer la carta.

—Ya sé, y no tenés que refregármelo por las narices. Pero esa parte es cosa mía.

¿Dónde diablos voy a conseguir laburo? se preguntaba José mientras leía los clasificados sentado a la mesa de un café mientras esperaba a Pilar. Habían pasado tres semanas desde que Adela le había entregado la carta y su vida no había cambiado en nada. Le sigo metiendo cuernos a mi mujer y no tengo dónde caerme muerto, pensó. No encuentro nada, nada, se repetía.

—Tenés que agarrar cualquier cosa. —La voz de Pilar lo sorprendió. Ella se agachó y lo besó levemente en los labios.

—¿Qué decís?

—Lo que oíste. Si te ponés tan exigente no vas a encontrar nada.

—Yo no voy a hacer el trabajo que le dan a uno recién salido de la escuela.

—Claro, porque vos tenés gran educación.

—¿Qué te venís a hacer la profesora conmigo?

—¿Ves? Ya te ofendiste. Agarrá cualquier cosa, por lo menos te vas a ganar unos pesos y no vas a dormir hasta la tarde.

—¿Y a vos qué te hace hasta qué hora yo duermo?

—Mirá, si querés pelear hacelo con tu mujer, conmigo ese tono no va.

—No te metas con Rita.

—Eso es exactamente lo que quiero, no meterme con tu mujer ni con tus cosas, pero como idiota te entré a dar consejos. Pero, ¿sabés una cosa? Vos no querés consejos, vos no querés nada. Vos lo que querés es seguir siendo una pobre víctima, el pobrecito que echaron de la fábrica y que ahora no puede hacer nada porque tiene que ser el hermano muerto. ¡Bueno, para que sepas, eso no es excusa!

—¡Mirá...! —le empezó a contestar pero se contuvo—. No tengo nada Pilar, nada. Tengo que escribir otra carta en unos días y no sé qué decir, se está por venir el otoño y no vamos a tener plata para el calefactor, le tenemos que comprar ropa a los nenes para la escuela y no tengo ni para zapatos, y no le quiero pedir prestado a la vieja. No puedo pedirle a la vieja.
—Se tapó la cara con las manos porque no quería que Pilar lo viera llorar de vergüenza.
—Dale mi amor, —lo consoló acariciándole el brazo por encima del diario que los separaba —yo tengo una idea si prometés no gritar y escucharme.
—Dale.
—Mi marido...
—Sí, el viejo...
—¿Qué te dije?
—Perdoná, se me escapó.
—Mi marido conoce a un tipo que necesita ayuda en el negocio. Una especie de repartidor.
—¿Qué? ¿Voy a tener que andar con un carrito? ¡Lo único que faltaba!
—¿Me vas a escuchar o tenés tantas ideas que no necesitás la mía?
—Bueno, seguí.
—El trabajo no es gran cosa, tenés razón ahí, pero, el tipo te presta la camioneta y ya tiene las rutas hechas. Quiere a alguien de confianza que no desaparezca con la mercadería. No paga mucho pero, es mejor que nada.
José la miró con ternura. —¿Qué haría sin vos?
—Nada que no hacés ahora. Bueno, ¿qué decís?
—¿Cuándo empiezo?
Una semana después del encuentro con Pilar, José empezó a trabajar como repartidor de galletitas y caramelos. Su día empezaba a las cuatro de la mañana, el sonido estridente del despertador obligándolo a salir de la cama a horas a las que se

había desacostumbrado.

—¿Qué hacés vieja? —le preguntó a su madre la primera mañana, cuando entró a la cocina y encontró a su madre envuelta en una bata gastada y chinelas, preparando un mate.

—No te podés ir sin comer nada. El panadero todavía no abrió, pero te puedo recalentar unos bizcochos que los nenes no comieron.

—No, vieja, no. Volvete a la cama, es muy temprano, yo me arreglo solo.

—Es un gran día, Josecito. Tenemos que celebrar que hayas conseguido trabajo. Pero nunca me contaste, ¿cómo fue que lo conseguiste?

—Por unos conocidos, no importa. Vieja, no tengo ganas de hablar tan temprano. Andate a la cama otra vez.

—Bueno, bueno, ya voy. Decime, ¿recibiste carta de Luisito últimamente?

La pucha, se dijo José, me olvidé de escribirle. Con el entusiasmo del trabajo se me pasó.

—Seguro vamos a recibir una pronto. A mí me llegó una hace unos días, —mintió— y todo está bien.

—Ah bueno, me alegro. —Le dio un beso a su hijo y volvió a la pieza.

José, tomó unos mates mientras mantenía la vista fija sobre el mantel de hule amarillo que cubría la mesa de madera y que se iba borroneando bajo la intensidad de su mirada. Dudas, recuerdos, temores, se alternaban, la imágenes saltando sin aparente lógica. Pensó en su hermano y se preguntó cuánto tiempo podrían mantener la mentira de su sobrevivencia. Unos meses más, se dijo, unos meses más, hasta que todo se encamine, yo pueda mantener el laburo y Adela se case con el bandido de Vicente. Sonrió convencido de la lógica de la decisión que le dio una paz temporaria y se fue. Caminó tres cuadras hasta la parada del ómnibus y tras viajar por cuarenta y cinco minutos llegó al negocio de su futuro patrón, amigo del marido de su amante.

Querida mamá:
Estuvimos muy ocupados con maniobras y otras cosas aburridas que no te va a interesar leer, por eso me demoré un poco en contestarte. Te preocupás demasiado por José y por Adela. Yo los noto contentos en sus cartas, además, recibí una de José hace pocos días y me cuenta que encontró trabajo. ¡Por fin! Seguro que toda la familia va a estar más contenta. ¡Justo ahora que se les viene el otoño! Yo sé que José quiere a Rita. ¡Mirá si la va a dejar! Seguro que eso ni se le pasó por la cabeza. Además está loco por los pibes. De repente tuvo una aventurita, pero seguro que no fue nada serio. Vas a ver cómo se va a encaminar todo. Y Adela ya va a entrar en razones. Por lo que me contás Vicente no parece ser gran cosa, no te voy a mentir, pero, es cosa suya. Ella ya es grandecita.
Escribime pronto. Me gusta leer tus cartas. Besos a todos,
Luis

    José releyó la carta que había escrito en el ómnibus. Si la vieja dice qué mal quedó la letra, porque la verdad es que me quedó horrible, como un garabato pensó, le voy a decir que Luis no tiene el lujo de un escritorio y escribe donde puede, en las trincheras o algo así. O mejor no le digo nada de las trincheras o se va a imaginar que está metido en un pozo y lo bombardean como en las películas de guerra.
    —¿Cómo te atreviste a escribir eso? —le recriminó Adela al leer la carta que le estaban por entregar a Francisca.
    —Algo le tenía que decir. Además el tipo no me gusta, es un gusano, es pegajoso, falluto...
    —¡No te metas con él!
    —Bueno, bueno, hermanita, cosa tuya, pero si no te gusta lo que escribí mejor que vos me des ideas y la escribimos otra

vez.

—No, no, dejala así y dásela a mamá.

Días y semanas de aparente calma sucedieron la entrega de la carta más reciente. El entusiasmo y alegría de Francisca eran esperados y aceptados como parte de la rutina en la que todos se desenvolvían. Ahora las hojas cubrían las baldosas del patio, muchas de ellas quebradas, y un viento fresco las levantaba y movía en un vaivén que impedía que Francisca las pudiera barrer. Los pasos de José las hacían crujir en la madrugada, cuando Rita lo escuchaba irse, convencida de que por unas horas él estaría lejos de Pilar, Francisca hacía un esfuerzo para no levantarse a prepararle el desayuno, y Adela soñaba con la boda que no se concretaba.

—Francisca, ¿de quién es toda esta lana? —le preguntó una tarde Rita a su suegra al ver las madejas sobre los estantes que José había colocado días atrás.

—Nuestra, o mejor dicho tuya y de los nenes. Me la dio la vecina de enfrente, le sobraron todas esas del invierno pasado- le contestó mientras ambas doblaban sábanas en el lavadero.

—¿Qué le parece? Roja para María y azul para Pablito, seguro que tengo suficiente para dos bucitos.

—Precioso, si querés te ayudo.

—No, no, gracias. —Rita siguió doblando ropa en silencio mientras Francisca tarareaba una de las melodías del disco de ópera que escuchaba por las noches. Pobre, pensó Rita, si tan solo supiera que está viviendo una mentira, ¿cómo le vamos a decir? ¿y cuándo? —¿Quiere ir a caminar un rato, Francisca? —la invitó sintiendo pena por ella.

—No, yo mejor me voy a dormir una siesta, pero ¿por qué no van con José cuando vuelva del trabajo? Además, le tengo que escribir a Luisito.

Sábado, se dijo Rita, es sábado de tarde y yo ni me había dado cuenta. José debe estar por llegar. Seguro que se ducha y se va a encontrar con la puta vieja y yo me quedo acá clavada con Francisca, los chicos y la pobre Adela que cada vez tiene que esperar más por las visitas de Vicente.

—Me parece que acaba de entrar Josecito. Andá, invitalo a pasear antes de que se vaya a hacer la siesta —No sé para qué me voy a rebajar a pedirle nada, pensó, cuando seguro que lo menos que él quiere es estar conmigo, pero si no lo hago le voy a tener que dar explicaciones a Francisca y eso va a ser peor que escuchar el "no" de José.

Para su sorpresa, José aceptó la invitación y salieron a caminar por la avenida, la primera salida que hacían en casi un año. Un sábado soleado de otoño, cada paso pisando hojas caducas, paseando con José por la avenida, en otro momento de mi vida hubiera dicho que ésto es la felicidad, pero ahora me da sólo nostalgia, se dijo, una enorme tristeza, como si hubiera perdido algo, algo que ya no puedo recuperar. ¿Le hablo de ella o no?, se preguntaba, ¿le digo que yo sé más de lo que él se cree? ¿Si no me la nombra, me hago la idiota? ¿Finjo que todo está bien? ¿Qué hago?

—Tu madre parece estar de lo más contenta —dijo al cabo de varios minutos de silencio, mientras caminaban despacio, sus cuerpos sin tocarse, las manos de José en los bolsillos.

—Sí, me di cuenta. Entre que yo tengo el laburo y recibe las cartas, anda en el séptimo cielo. Hasta se pasa cantando esas horribles canciones del disco que le regaló el viejo.

—Pero está viviendo una mentira, José. En algún momento le vamos a tener que decir.

—No hay apuro, por ahora está contenta, eso es lo que cuenta.

Me pregunto si decirle algo de Pilar, dudaba José. No, para qué, tan idiota no soy, se dijo, me va a armar flor de escándalo en la calle y ¿para qué?, si yo y Pilar andamos bien, ¿para qué empeorar todo? Las cosas no están tan mal después de todo, mejor me callo la boca.

Volvieron a la casa sin intercambiar más palabras, las

mejillas frías en una tarde de otoño.

Querido Luisito:
Me porto mal contigo. Te tendría que haber escrito antes, pero me atrasé. Ya preparé las conservas de mermelada que tanto te gustan. ¿Tus jefes dejan que te mande dulce casero? Hoy es una presiosa tarde. ¡Los arboles están tan lindos! Con decirte que Josesito y Rita se fueron a pasear por la avenida. ¿Sabés que me parece que las cosas entre ellos andan mejor? Hase días que no los escucho pelearse de noche. Le hase bien a Josesito tener trabajo. Todos los hombres están contentos si trabajan. Tu padre, que en paz descanse, siempre estaba contento cuando trabajaba. Me pregunto si todavía ve a esa loquita. La pobre Adelita anda con la carita larga. Hasta creo que perdió peso, la pobrecita. El Vicente ya no viene tan a menudo. Dijo un día que estaba muy ocupado en el trabajo, porque él dice que lo que hase es importante. ¿Puede estar tan ocupado si es un vendedor? Pero a mí me parece que se le están yendo las ganas de casarse. ¿Y qué hase la pobre Adelita si no encuentra a otro? No te preocupes por mí, se me está viniendo el reuma, y ahora que se viene el invierno va a estar peor, pero dijo Josesito que me va a comprar una estufita nueva para el baño. ¡Qué buenos hijos tengo!
Chau mi querido. Muchos besos.
Mamá

¿Qué hago si me deja plantada? pensaba Adela mientras esperaba el ómnibus un viernes de tarde. ¡Maldito viento!, se quejaba mientras el pelo que había marcado esa mañana le volaba en todas direcciones a pesar del spray que había usado y que lo había dejado con la consistencia de paja. ¡Odio ser pobre! ¡Odio la mediocridad en que vivo! ¡Odio a todos!, se repetía sintiendo que su cara se enrojecía, no por el viento frío sino por la rabia que sentía, por tener que vivir una vida que despreciaba. Cuando vio venir el ómnibus se acercó al cordón de la vereda junto con decenas de empleados como ella, pero estaba tan lleno que no paró. Frustrada y malhumorada, presintiendo que los ómnibus iban a seguir viniendo llenos a esa hora de la tarde, e intuyendo que tenía frente a sí un fin de semana aburrido a no ser que Vicente la invitara al cine, empezó a caminar en dirección a su casa. En algún momento voy a tener que tomar otro ómnibus o un taxi que me va a costar un platal, ¡maldición! ¡mil veces maldición! No puedo perder a Vicente, no puedo. Él es lo único que me puede salvar de esta miseria. Esta noche, si viene a casa, porque debería venir, fijamos fecha. Esto ya no da para más.

—¡Adela, Adela! —oyó llamar desde un auto. Miró hacia la calle, atiborrada de autos, ómnibus y taxis, las ruedas que chirriaban al acelerar capaces de hacer brotar chispas del pavimento, y tras mirar en varias direcciones pudo localizar el auto parado en segunda fila del cual provenía la voz que no pudo reconocer—. ¿Querés que te alcance hasta tu casa?

Ulises, ¿qué quiere ese pesado?, se preguntó al reconocer la cara del hombre, quien había bajado la ventanilla y asomaba, estirando el cuello y ofreciéndole una sonrisa que la irritó. Ulises, con su pelo crespo rojizo cada vez más escaso, a través del cual resaltaba el rosado blanquecino del cuero cabelludo, sus gruesos anteojos y su actitud, según Adela, exageradamente deferente, le hizo señas con su mano rolliza para entrar al auto. Adela fingió la sonrisa que no sentía y entró al vehículo arrepintiéndose de inmediato por no haberlo ignorado y seguido caminando. Había conocido a Ulises unos meses atrás, cuando él comenzó a venir a la oficina varias veces por semana a entrenar a las secretarias en el uso de nuevas computadoras. Adela, aunque había notado la mirada insistente y las palabras, que aunque técnicas parecían estar dirigidas sólo a ella, había pretendido no notar nada, y cada vez que Ulises trataba de acercarse a ella, ella huía en dirección contraria, escondiéndose en un baño o saliendo del edificio hasta estar segura de que él no podría alcanzarla. Y ahora estoy con él en su coche, pensó, y no lo tolero, simplemente me repugna.

—¿Te puedo invitar a tomar algo antes de llevarte a casa? —le preguntó tímidamente, mirándola con un interés que ella rechazó instintivamente.

—Bueno, pero tengo que volver pronto. —¿Qué estoy diciendo? se preguntó irritada y asombrada de su respuesta, el tipo es un susto, no lo tolero, y ahora voy a ir a un bar con él. Me debo estar poniendo idiota, espero que ningún conocido me vea.

—¡¿Pero miren quién se apareció por acá?! ¡Si no es mi noviecita favorita! —la voz de Vicente, que pareció resonar contra las paredes del patio le produjo a Adela una abrupta e incomprensible molestia. Le había pedido a Ulises que la dejara a una cuadra de la casa, no quería invitar comentarios de su familia, y menos aún, no quería arriesgarse a que Vicente la viera. Había caminado rápidamente, apretando el tapado de lana contra su cuerpo, agachando la cabeza para protegerse del viento frío que parecía cortarle la piel y al abrir el portón atravesó el zaguán gélido odiando esa casa. ¡Por fin viniste! tuvo ganas de decirle, pero forzó una sonrisa y se apresuró hacia él, quien sosteniendo un vaso de vino rojo en la mano la esperaba en mangas de camisa en medio del patio, aparentemente indiferente al frío.

—¿Qué dice mi linda noviecita? —le preguntó mientras la abrazaba y apretaba contra su cuerpo, su mano libre recorriendo su espalda e intentando pellizcarla a través de la lana del tapado.

—No me manosees —le dijo zafándose de su abrazo y entrando a la cocina. Él la siguió y cerró la puerta, varias hornillas prendidas a fuego lento, vapor saliendo de las ollas.

—¿Qué carajo te dio? ¿Desde cuándo no te gusta que te toque?

—Una cosa es tocar, o mejor dicho, acariciar, otra es manosear en medio del patio —le contestó mientras se sacaba el tapado y lo colgaba sin cuidado del respaldo de una silla.

—¿Y desde cuándo la señora está tan fina?

—Dejame tranquila. Olés a alcohol. ¿A qué hora empezaste a tomar?

—Para que sepas sólo tomé un vermucito con un cliente al mediodía, nada más. ¿Ves? —le preguntó acercándose a ella y echándole una ráfaga de aliento en la cara.

—¡Salite! ¡Apestás! —Adela lo empujó tratando de poner distancia entre ambos, pero él la agarró de un brazo tratando de llevarla hacia su pieza, que lindaba con la cocina.

—¡¿De qué te las estás dando?! ¡Si bien sé yo que sos una putita solterona que bien que te gusta cuando te la meto!

—¡Borracho! ¡Me das asco! ¡Andate!

Vicente la atrajo con fuerza hacia él, tratando de meter su mano por debajo de la pollera de Adela, quien le dio una bofetada y comenzó a patearlo obligando a que él la soltara.

—¡¿Qué pasa acá?! —Ninguno vio a José, pero al escuchar su voz, Vicente la soltó y se separó de ella, dando varios pasos en dirección a José.

—¡Cuñadito! ¡Qué bueno verte! —lo saludó fingiendo una sonrisa y masajeando su mejilla dolorida mientras Adela le daba la espalda a ambos y se sostenía con una mano del respaldo de la silla donde colgaba el tapado que apretaba con fuerza.

—No te hagas el vivo con mi hermana o te mato. Que yo no sepa que la tratás mal, porque si me entero que te hacés el bestia con ella te mato, te juro que te mato. ¿Está claro?

—Pero cuñadito, no fue nada, peleas de enamorados. ¿No es cierto, mi amor? —dijo acercándose a Adela y entreverándole el pelo despeinado con una mano en actitud juguetona.

Adela, aún de espaldas, rechazó su mano, sintiendo que su corazón aún le latía con fuerza.

—Dejanos José. Es cosa nuestra.

—¿Qué te dije cuñadito? Si nosotros nos adoramos, ¿verdad mi amor? —le dijo ahora, pasando su brazo sobre los hombros de Adela que se dejó apretar contra él sin oponer resistencia pero sin reciprocar el aparente gesto de ternura.

—Como quieras —le contestó José mirando a Vicente con desprecio. —¿Puedo llamar al resto de la familia a comer o esperamos un poco?

—Podés llamarlos, —le contestó su hermana —todo está tranquilo, como siempre.

Querido hijito:
Lo que son las cosas, hijito, cuando no se rompe una cosa se rompe la otra. Ahora que Josesito consiguió trabajo y pasa más tiempo en casa con Rita y los nenes, la pobre Adelita anda mal con Vicente. Tendrías que haber escuchado la pelea que tuvieron la otra noche. Josesito entró a la cocina y le entró a gritar al Vicente. Yo tenía miedo que se fueran a agarrar a los golpes. Vos sabés que Josesito siempre va a defender a su hermana, igual que vos. Porque creo que el Vicente toma demasiado y se aprovecha de Adelita. Cada vez veo más lejos el casamiento. Yo creo que Adelita lo aguanta porque tiene miedo de quedarse solterona. Pero te voy a contar un secretito. No sé si ella te lo habrá contado en su carta, pero, me contó la Pola, te acordás de ella ¿no?, la vecina de la otra cuadra, que vio a la Adelita bajarse del auto de un hombre como tres veces. Dijo la Pola que parece un hombre muy serio, de lentes, con cara inteligente. ¿Te imaginás si Adelita tiene un enamorado que la trae a casa? Si tenemos suerte en la carta que viene te doy mejores noticias. Cuidate amorcito, no andes cerca de donde tiran

balas. Comé bien.
Te quiere mucho,
Mamá

—¿De qué hombre habla la vieja? —José se había acercado a la estufa eléctrica que apenas calentaba la pieza fría de techos altos donde los manchones de humedad dibujaban sombras negras, la carta de Francisca en su mano.
—No es nada. Un tipo que conozco de la oficina; se ofreció a traerme a casa un par de veces y la chusma de Pola fue con el cuento a mamá. —Adela le contestó sin levantar la vista de las uñas que estaba pintando con cuidado, sentada a la mesa que servía de escritorio o comedor, dependiendo de la necesidad del momento.
—Vos nunca te pintás las uñas de ese color, —le dijo su hermano, acercándose y levantando el frasco rosa pálido.
—Qué te importa. ¡Dejá eso! —le gritó arrancando el frasco de su mano.
José la miró, una sonrisa pícara en su rostro. —Me animaría a decir que hoy te van a traer en auto. ¿Me equivoco?
—No es cosa tuya. Además, hoy vuelvo tarde. Vamos a ir al cine. —Parece que el Vicente tiene los días contados, pensó José. No le voy a dar el gusto de decirle que Ulises no me resulta tan repulsivo como había creído, pensó Adela y siguió pintando sus uñas cuidando de no salir de los bordes.

Querida mamá:
¡Qué alegría que me diste! Recibí dos cartas antes de escribir la mía. Sí, estoy seguro que José está mucho más contento ahora que tiene trabajo. Y seguro que no tiene tanto tiempo para perder en cosas inútiles (vos dirías ver a esa mujer, yo digo vagar por las calles tomando café). ¿Así que Adela tiene un candidato? Según me dijo José en una carta la cosa se está enfriando con Vicente. ¿Mirá si este tipo resulta ser el

candidato ideal? Le voy a escribir a Adela, tal vez me cuente. Ella anda atrasada con las cartas, debe estar ocupada con el candidato (¡ja!).
¿Cómo se portan mis sobrinos? Dice José que Pablito se parece cada vez más al viejo, alto como un junco, y María está preciosa, según José igualita a Rita (yo con mi cuñada por las dudas no me meto).
Por acá no pasa mucho. A veces hay alguna guerrilla que se quiere infiltrar pero los contenemos sin problemas. ¡Somos más y más fuertes que ellos! ¿Te conté que me hice de un montón de amigos? Imaginate, todo el día juntos, nos terminamos contando de todo. De repente todavía va a haber casamiento pronto aunque sea otro el novio.
Chau viejita. Te quiero mucho,
Luis

Tengo que ver a Pilar, se dijo José mientras manejaba al amanecer, la camioneta repleta del surtido de mercadería que repartiría en las despensas donde lo esperaban y ya conocían. Si no la veo pronto se va a pensar que no me gusta más; ¡la pucha!, hasta me olvidé que fue su cumpleaños la semana pasada, me va a matar. Se cubrió la cara con la bufanda de lana que le había tejido Rita, metió las manos frías en los bolsillos de la chaqueta azul que Luis le había regalado antes de irse diciéndole cuando se la entregó en medio del cuarto donde tenía la valija a medio hacer, vestido en su uniforme militar, "No la voy a necesitar por un tiempo", y entró a una estación de servicio en busca de un teléfono de donde llamar a Pilar.

—¡Hola! —contestó la voz ronca de un hombre.

¡Carajo!, desperté al viejo, pensó. —Perdón, equivoc...

—¡Hola! —la voz de Pilar vibró en el auricular.

—Soy yo, corto y te llamo después.

—Sí, sí, le entrego el encargue a la hora de siempre.

Satisfecho con el mensaje de Pilar, entró a la camioneta silbando, contando las horas hasta que la volviera a ver, calculando si tendrían suficiente tiempo para ir a algún hotelucho del camino. Te extraño loquita, le dijo y sonrió. No te enojes, pero te fui infiel con mi mujer, y varias veces desde que nos vimos, dijo, el timbre de su voz nítido en el silencio de la camioneta, el ruido del tráfico aumentando con el correr de los minutos, cada vez más espeso, las avenidas más congestionadas con vehículos que parecían surgir de la nada y apenas avanzaban. ¿Le digo que me acosté con Rita? ¿Y si se ofende y me deja? Pero, a ella qué le importa, Rita es mi mujer y me acuesto con ella cuantas veces quiera. ¡Qué le importa a Pilar lo que yo hago con mi mujer! ¿Acaso yo le pregunto si se acuesta con el viejo? ¡Qué asco!, dijo repugnado ante la imagen de su amante en la cama con su marido. Y hasta capaz que tenés otros. ¿Tenés otros Pilar? ¡Y a mí qué carajo me importa! ¡Yo tengo a mi mujer y bien buena que está! La sensación placentera de anticipación por ver a su amante dio paso a una irritación que lo sorprendió y no entendió. ¿Por qué me vino este mal humor de golpe? ¡Qué mierda, estaba tan bien esta mañana! ¿Qué carajo me pasó?

Hizo las entregas siguiendo la lista de clientes que había escrito en un papel arrugado, y cuando terminó, más temprano de lo que había previsto, fue al café donde siempre se encontraba con Pilar, deseando verla y al mismo tiempo esperando que ella no viniera. Nervioso, fumaba y sorbía café recalentado y endulzado, que apenas bajó a su estómago pareció volver a subir con una acidez que le quemaba el pecho.

—¡Hola churro! —lo saludó Pilar, besándolo en los labios y dejando una mancha naranja pegajosa que él trató de limpiar con una servilleta de tela blanca de bordes deshilachados.

—Hola linda —le contestó mientras la observaba sentarse y pedir un cortado al mozo pelado con ojeras violetas y párpados caídos que apretando la bandeja de metal plateado bajo su brazo, arrastraba sus pies planos sobre los listones de madera gastada. Se la ve más vieja, pensó, como si le hubieran salido arrugas desde que la vi la última vez, y hasta tiene la nariz más grande. Ella no tenía una nariz así antes, está más fea.

—¿Por qué me mirás así?
—¿Así cómo?
—Como si me estuvieras estudiando.
—Estaba pensando qué linda que estás —mintió. Se pinta demasiado los labios, eso es lo que la hace fea. No, no es eso, es el tapado viejo que le queda corto y no tiene piernas para ponerse ropa tan corta, parece una puta.
—¿En qué estás pensando?
—Nada, nada, ando distraído.
—Mirá pichón, si no nos apuramos no vamos a tener tiempo de nada. Tengo que volver a casa antes de entrar a la fábrica y todavía te quiero mostrar lo que me puse hoy. Tengo una sorpresita para el señor —le dijo, tocando su pierna por debajo de la mesa con la punta de su zapato, tocándole la mano con la punta de un dedo, la uña corta con esmalte púrpura saltado, sonriendo y guiñándole un ojo.
—Pilarcita mi amor, hoy no tengo tiempo muñeca, tengo que llegar a casa temprano y estoy hecho pomada. Nos vemos pronto. Acordate que te debo una. —Se levantó, dejó unos billetes sobre la mesa, la besó levemente sobre los mechones despeinados que escapaban del broche de plástico negro, y salió antes de que ella le pudiera preguntar a qué se había debido esa repentina falta de interés, la mirada casi despectiva, el cambio. José entró a la camioneta y respiró hondo. La culpa momentánea que sintió por haber dejado a Pilar y haberla tratado con la indiferencia que no quería demostrar, fue contrarrestada por el alivio de no haberse encontrado con ella en una pieza de hotel en una situación de

intimidad que ahora rechazaba. Entró a la casa cuando Francisca estaba preparando la cena.

Francisca lo vio entrar, el cuello de la chaqueta de Luis subido hasta la mitad de las orejas, corriendo por el patio, dirigiéndose hacia el cuarto que compartía con Rita. Francisca sonrió, intrigada por el apuro que notó en su hijo, que siempre entraba a la cocina primero y probaba la comida que ella estaba preparando, o abría la heladera, impaciente como los nietos. Todo está mejor desde que consiguió el trabajo, pensó, todo está mejor. Francisca estaba condimentando el pollo que serviría esa noche para la cena, cuando de reojo vio entrar a Adela seguida por alguien que ella no conocía. Ese no es Vicente, pensó. Los vio acercarse a través del patio donde a veces parecía hacer más frío que en la calle, el hombre caminando unos pasos atrás de su hija que mantenía la cabeza baja.

—Mamá, —le dijo al entrar a la cocina, una ráfaga de viento frío entrando con ella— traje un amigo a comer, si no te importa.

—No, no hijita, para nada. ¿Quién es el muchacho?

—Este es Ulises —se lo presentó, mientras Francisca se secaba las manos en el delantal y Ulises se acercaba a ella extendiendo su mano y sonriendo, la quijada algo prominente, los dientes parejos.

Parece un hombre inteligente, tenía razón la Pola, pensó mientras él estrechaba su mano. No tiene aspecto de actor, como el Vicente podía haber tenido si se hubiera cuidado más y tomado menos, pero no es muy horrible tampoco, tiene una linda sonrisa y con esos lentes parece un doctor. Espero que ahora no se crean que hay casamiento en vista, pensó Adela mientras observaba el aspecto de su madre, ensimismada con quien ella insistía era sólo un compañero, un amigo, alguien con quien salía de tanto en tanto.

—¿Le puedo ofrecer un vinito, un vermouth? —Francisca

sacaba los vasos reservados para ocasiones especiales del aparador evitando la mirada de Adela que parecía decirle que no exagere, que no haga tonterías, que no la haga pasar vergüenza, que es sólo un amigo.

—Mamá, no es necesario, Ulises y yo ya tomamos algo después del trabajo —le dijo mientras le sacaba los vasos de la mano y los acomodaba nuevamente en el aparador entre jarras para servir vino que nunca usaban y un juego de copas incompleto, sin poder disimular su molestia.

—¿Necesita algo, Francisca? —interrumpió Rita al entrar seguida por José quien al observar la escena no pudo contener la sonrisa que no trató de disimular.

—Ulises, vení que te presento a mi hermano y mi cuñada —lo llamó y tomándolo de la mano acercó a José y a Rita, apartándolo de Francisca que ahora le ofrecía queso cortado en cubos y aceitunas negras.

Mirala, pensó Rita, hace unos meses atrás se le sentaba al rufián del novio sobre la falda y cruzaba las piernas gordas hasta que se le veían las bombachas, y ahora se hace la dama educada, toda una lady, qué artista, y el tipo parece embobado con ella, hay gustos para todo en este mundo. Forzó una sonrisa y la observó con desprecio, aunque Adela no pareció darse cuenta de su mirada hostil. De repente mi hermana aprendió algo después de todo, pensó José mientras trataba de entablar conversación con Ulises, ciertamente parece un tipo más decente que Vicente, por lo menos no se le van los ojos al trasero de mi mujer.

Querido hijito:
A que no sabés? Adelita trajo al nuevo novio a comer a casa. Todo un caballero el muchacho, hasta se ofreció a ir a la confitería a comprar un postre! El Vicente nunca hubiera tenido una atención de ese tipo. Adelita me resongó cuando volvió a casa, porque después de la cena se fueron al cine. Me

dijo que exagero y que Vicente es el novio, esas cosas. Pero yo la conosco y estoy segura que con este se va a casar. Además, el Vicente no viene hase días, desde aquella pelea que tuvieron una noche no se apareció más. Si Adelita no hase tonterías y lo deja porque no es tan alto como Vicente, o porque es calladito, el Ulises va a ser un buen marido. No me gusta mucho el nombre, pero es lo de menos. Me pregunto en que estarían pensando los padres cuando lo llamaron así. Pero, como te decía, la Adelita está contenta. Imaginate, hasta auto tiene el muchacho, y dijo Adelita que tiene un apartamentito en el centro. Imaginate, si se casan, Adelita va a tener todo lo que siempre soñó. Y Josesito trabaja todos los días, hasta más pasiencia tiene con los nenes. Ay hijito, todo está mejorando, solo que hace un frío que ni te cuento. Yo estoy bien, con un poquito de reuma, y la presión un poco alta. Me dijo el médico que tengo que comer sin sal, pero la comida sin sal no tiene gusto a nada. Yo le agrego siempre un poquito, total, quién se va a dar cuenta?
Cuidate y escribime pronto. Cuando le escribas a Adelita preguntale por este muchacho, la próxima vez que venga le voy a mostrar tus fotos, así conose a toda la familia.
Te quiero mucho,
Mamá

Adela daba vueltas en su cama, cubriéndose todo lo posible con las tres frazadas que no eran suficientes para protegerla del frío de ese invierno que parecía ser interminable. Miraba el techo, apenas iluminado por la luz de la luna que entraba a través de las rendijas de la persiana. No lo quiero, pensó imaginando a Ulises, pero, ¿qué otra opción tengo? Vicente es un mujeriego, toma demasiado, pero lo quiero, Dios, cuánto lo quiero, dijo en voz alta, y se secó las lágrimas con la sábana. Pero Ulises me quiere, ya me lo dijo, me quiere y se quiere casar conmigo, ¿por qué no le puedo dar el sí y dejar de esperar por Vicente? ¿Cuánto hace que espero por Vicente? Y con él las cosas están cada vez peor, recordó. La última vez que había visto a Vicente, en un bar un sábado de noche, la salida fue tal fracaso que ella volvió a la casa sola en un taxi, llorando, humillada por su actitud, las miradas y manoseos que él le había dado a otras mujeres en su presencia, los insultos que le había proferido frente a sus amigos, con quienes había insistido quería estar, "Solo con vos me aburro", le había dicho, y ella había aceptado. Lloraba, sabiendo que había perdido el novio del que estaba enamorada y ganado un futuro marido que no quería. Metida debajo de las frazadas, sin poder sacarse el frío que no toleraba, se imaginó en el apartamento con calefacción central de Ulises y sonrió, convencida que la próxima vez que viera a Vicente, si existía una próxima vez, rompería la relación. Se durmió imaginando una luna de miel en un lugar cálido, con tiendas a lo largo de una rambla, tiendas de todo tipo, donde podría comprar cuanta cosa viera y quisiera, y playas, una costa interminable donde podría tirarse sobre la arena y broncearse, volviendo a la ciudad con la piel dorada, la envidia de sus compañeras de oficina con las que ya no trabajaría más, y un marido locamente enamorado de ella, un marido que vería en ella la belleza que ella estaba convencida no tenía.

—¿Qué querés contestarle a la vieja? —José le preguntó a su hermana varios días después, la última carta escrita a Luis en su mano.

—No sé. Mamá está tan entusiasmada, como si se hubiera enamorado de Ulises.

—¿Y acaso vos no lo estás?

—No, yo no estoy enamorada de él. ¿Por qué todo el mundo insiste en que es mi novio?

—Medio obvio, ¿no te parece?

—No, no es nada obvio, es un amigo.

—Dale, dale, ¿a quién querés engañar? Todo el mundo se

dio cuenta menos vos, hasta la chusma de Pola se dio cuenta.
—Vicente es mi novio.
—¿Vos sos o te hacés?

Adela, sentada al borde de su cama, sobre el colchón gastado que se hundía bajo su peso, el relleno transformado en pelotas irregulares anudadas entre los elásticos gastados, evitó la mirada de su hermano y entreveró en forma distraída la hilacha de la frazada que necesitaba ser reemplazada. La tranquilidad que sintió luego de haber tomado la decisión de dejar a Vicente fue seguida por días y horas de arrepentimientos, dudas y esperanzas. Tal vez Vicente cambie, pensaba, tal vez cuando nos veamos la próxima vez ponga fecha, y ¿qué hago si después de darle el sí a Ulises, Vicente me propone casamiento? Ahí ya no voy a poder dejar a Ulises, no voy a poder andar de adelante para atrás, ¿pero cómo voy a poder vivir con Ulises sabiendo que Vicente se quería casar conmigo después de todo? Esas dudas la acosaban día y noche y esperaba el milagro que en algún lugar de sí sabía no ocurriría.

—¿Por qué te es tan difícil decidir? —la voz de José la sobresaltó; había olvidado que su hermano estaba frente a ella, sentado a la mesa-escritorio, con una lapicera en la mano y una hoja en blanco.

—No lo quiero —finalmente le contestó, la voz entrecortada por el llanto que le apretaba la garganta.

—Lo vas a querer, es un buen tipo. Te digo más, a Vicente lo vas a dejar de querer. Vicente no es buena gente, hermanita. Seguro que ya te mete cuernos.

—¡Mirá quién habla de meter cuernos!

—Eso es cosa mía. Además.... Bueno, eso es cosa mía. Ahora tenemos que escribir la carta. No me contestaste, ¿qué querés que Luis escriba?

Adela bajó la vista y retorció la hilacha entre sus dedos hasta que la rompió. Levantando su mirada otra vez, observó todo lo que la rodeaba evitando la figura de su hermano y fijó una vez más sus ojos enrojecidos en la frazada vieja.

—Que se case con Ulises —contestó, su voz apenas audible, suspiró y se secó las lágrimas con el borde de la sábana blanca...

Querida mamá:
¡Qué buenas noticias me diste! Toda la familia parece estar más contenta. Por lo que me cuentan, (porque Adela y José me escribieron también), el famoso Ulises es un candidato caído del cielo. Adela suena muy entusiasmada. No le hagas mucho caso si a veces habla de Vicente, después de un noviazgo tan largo y con las esperanzas que tenía, seguro que va a haber días que lo extrañe, pero seguro que Ulises la va a conquistar. Yo ya le di mi opinión, sin que ella me la pidiera, y le dije que le dé el "sí". Entre vos y yo, si pierde este candidato, vaya uno a saber si va a encontrar otro mejor. Creo que esta vez sí que pueden empezar a hacer planes para el casamiento. José parece estar contento también, por lo menos no lo noto tan preocupado como en otras cartas. Además, me había olvidado de contarte, Rita me escribió, y aunque piensa, como vos, que José andaba con otra, tiene esperanzas de reconquistarlo.
Yo no tengo mucho nuevo para contarte, toda la acción es por allá. Los días pasan despacio, y a veces estoy de lo más aburrido. Lo más lindo es recibir carta de ustedes. Te quiero mucho,
Tu hijo Luis

Adela y Ulises se comprometieron la primera semana de primavera. Adela, que había empezado un nuevo régimen con la esperanza de perder varios kilos antes del casamiento, movía su mano en todas direcciones en busca del rayo de sol que haría saltar destellos del anillo que observaba con deleite, una niña con el nuevo juguete por el que siempre había esperado y que temió no recibiría nunca. Su relación con Vicente fue más fácil de terminar de lo que ella había anticipado. Vicente, no sólo sonó indiferente y desinteresado cuando ella finalmente lo llamó y le anunció que estaba saliendo con otro hombre y no lo quería ver más, sino que le confesó que hacía tiempo, no precisó cuánto, salía con otra mujer y pensaba casarse antes de fin de año. El dolor repentino que pareció atravesarle el pecho y sacudirla al darse cuenta en ese instante que no sólo había sido engañada sino que Vicente tal vez nunca la había querido y probablemente nunca había pensado casarse con ella, fue seguido por un enorme alivio. Esa llamada le había dado la convicción que necesitaba, la tranquilidad de saber que su decisión de casarse con Ulises era lo mejor para ella. Si aún no estaba enamorada de él nadie lo notaba. Se la veía contenta y entusiasmada, haciendo planes para el casamiento, luna de miel, nueva casa, el desinterés y rechazo que había sentido por él, reemplazados por la aceptación de la relación que le daría lo que ella quería y necesitaba. Rita, la observaba no sin envidia, pero sonreía, simulando participar de la alegría de la familia. Qué suerte tuviste después de todo, pensaba, Ulises te va a dar todo lo que quieras, y seguro que no te va a meter cuernos con otra como mi marido, vas a tener más plata que yo, que ni mi propia casa tengo. ¡La gran puta, qué suerte tuviste! Sintió que los labios le temblaban y podía ponerse a llorar, de envidia, celos y dolor, por ver que su cuñada en pocos meses había logrado cambiar su vida, mientras que ella seguía atascada, metida en un pozo del que no parecía haber salida.

—¿Por qué llorás mami? ¿Estás triste? —le preguntó Pablo tironeando de su pollera.

—No, mi amor, no lloro de tristeza, estoy muy contenta por la tía Adela y su novio, ¿viste qué linda pareja hacen?, como en la tele —le contestó y se fue al dormitorio tratando de que nadie notara su dolor.

—¿Qué te pasa?— José la había seguido y cerrado la puerta detrás de él.

—Nada, a mí nunca me pasa nada —le contestó con ironía. ¿Qué te parece que me puede estar pasando? A ver, adiviná.

—No sé por qué te pusiste de golpe así.

—¿De golpe? ¿A vos realmente te parece que esto empezó "de golpe"?

—No sé de qué estás hablando —le contestó dándose vuelta, abriendo la puerta y saliendo del cuarto.

—¿Por cuánto más tiempo vamos a seguir esta mentira?

—¿Qué mentira?

—¡José, por favor! ¡Por lo menos mostrame un poco de respeto, un poco por lo menos, por amor a tus hijos, y admití que tenés a otra, que la ves cada vez que salís de casa, que no te importo nada!

José cerró la puerta entreabierta y se acercó a ella, sentándose al borde de la cama, a su lado, las piernas estiradas, rascándose la cabeza, no sabiendo dónde poner las manos. Rita sollozaba en silencio, secándose las lágrimas con la palma de la mano. ¿Qué le digo? se preguntaba, ¿qué le digo?

—Esto no da para más, José. Sé que Pilar es tu amante, todo el mundo lo sabe.

—Rita, escuchame....

—No, dejame hablar —lo interrumpió. —Estuve pensando mucho en nosotros, en la mentira en la que terminé metida sin querer, en todo lo que pasó desde que perdiste el trabajo y se murió el pobre Luis, que en paz descanse. Yo te quiero, o te quise mucho.

—¿Qué querés decir "te quise"?

—Lo que oíste, estaba muy confundida, y pensé mucho en nosotros. Pero ahora que Adela se va a casar, gracias a ella, se me aclararon las cosas.

—¿Qué tiene que ver mi hermana en todo esto?

—Bueno, por empezar que me di cuenta lo que es tener un hombre enamorado de una...

—¡Dejate de estupideces! ¡El tipo está embobado porque recién se conocieron, vamos a ver en qué andan después de diez años de casados y varios hijos!

—Bueno, sea como sea, cada vez que veo a Ulises darle a Adela la atención que le da, me doy cuenta que yo perdí eso hace mucho tiempo. Vos no me querés, José, mejor admitirlo y dejarnos de tonterías.

—Por supuesto que te quiero —le dijo intentando abrazarla, pero ella tomó el brazo que apenas rozó sus hombros y lo empujó hacia José, separándose de él.

—José, hice una decisión, y por favor no me interrumpas. Me voy a quedar acá, contigo, hasta que Adela se case. No le quiero dar a tu madre más tristezas, ahora que se cree que todo anda a las mil maravillas. Pero me voy a volver al interior, a casa de mis padres. Los nenes van a tener vacaciones de verano y me los voy a llevar conmigo, vos vas a poder venir a verlos cuando quieras. Nunca te voy a prohibir que los veas, son tus hijos.

—¿Qué estás diciendo? ¿Te volviste loca? —Un inesperado estado de pánico invadió a José, repentinamente paralizado por la decisión de Rita. ¿Cómo me puede dejar? se preguntaba, no me puede dejar, ahora que todo estaba mejor, yo creía que todo estaba mejor, se repetía.

—Pero, ¿y las otras noches? ¿Te olvidaste de las otras noches?

—No, no me olvidé de las otras noches, y por un momento pensé que todo iba a ser como antes, pero me equivoqué.

—¿Por qué decís que te equivocaste? Rita, Titita —le dijo en forma cariñosa tratando de abrazarla otra vez, —no me dejes, yo te quiero, siempre te quise.

—Aunque te quiera creer, ahora soy yo la que necesita

tiempo, tengo que estar sola, no hagas esto más difícil de lo que ya es —le dijo separándose otra vez de su abrazo y parándose. —Vení, vamos a la cocina, no quiero que tu madre sospeche nada.

—¡Rita, te estábamos esperando para cortar la torta! —le dijo Adela, al verla entrar.

—Esperá un momentito Adelita —le pidió Francisca—, voy a llamar a Pola para que venga y nos saque una foto a todos juntos. ¿Qué mejor regalo para Luisito que vernos a todos celebrando?

¿Qué me dio de golpe?, se preguntaba Rita mientras todos se paraban frente a la heladera apretando sus cuerpos y ensayando una sonrisa, y Pola trataba de recordar las instrucciones que Ulises le había dado en el uso de la cámara que sólo necesitaba que apretara un botón. Fue cuando vi a Adela que me puse tan mal, pensaba Rita, actué sin pensar, pero, ¿qué otra cosa puedo hacer?, los dos necesitamos tiempo lejos uno del otro, nos van a venir bien unas vacaciones. Ahora se ve triste, yo me doy cuenta que está triste, me muero por abrazarlo, pero no lo voy a mirar, no lo voy a mirar, se repitió, sonriendo para la cámara. El flash hizo que todos cerraran los ojos y José usara la excusa del ardor repentino ocasionado por esa luz para secarse las lágrimas.

Querido hijo:
Cuando todo parecía andar mejor, se empeoró. Adelita y Ulises se comprometieron. ¡Tendrías que haber visto qué linda estaba Adelita, y tan contenta! Te voy a mandar la foto que sacó Pola. Como la llamamos para la foto la convidamos con torta, no quedaba bien si la dejaba irse con las manos vacías, ¿no te parece? Adelita y Ulises fijaron fecha, la primera semana de enero, dijeron que año nuevo es vida nueva. Yo creo que en enero hase demasiado calor para casarse, pero no me meto. Cualquier mes va a servir, con tal

de que sean felices. ¿Podrás venir por unos días? Nos dejaría a todos tan contentos si venís! Además, Adelita podría entrar a la iglesia agarrada de tu brazo, ya que tu pobre padre no está con nosotros. Pero, José dijo que si vos no venís, él será el padrino. Pero el pobre Josesito anda con la carita larga. Creo que otra vez andan mal con Rita. Yo pensé que estaban por reconsiliarse, pero no andan bien. Apenas se hablan, y eso que Josesito tiene su trabajo y va todos los días, a veces hasta los fines de semana y le pagan extra. Me pregunto si todavia ve a esa mala mujer. Si yo supiera como encontrarla le diría lo que pienso de ella. Si, ya se, seguro me vas a decir que no me meta, pero esa mujer les arruinó el matrimonio. Vamos a ver si Josesito se acuerda que se viene el cumpleaños de Rita. Yo le voy a hacer una torta, aunque ella dice que no quiere comer dulces para no engordar. ¿Pero, que le va a haser un pedacito?
¿Cuanto tiempo más te van a tener por allá? Acaso no pueden tener sus propios soldados?
Cuidate hijito. Te quiero mucho
Mamá

—Josecito, ¿ya vas a trabajar, tan temprano? —Francisca levantó la vista de la maceta en la que estaba plantando las semillas de los malvones que crecerían en pocas semanas y removía la tierra, sus manos embarradas, trabajando con gusto. José se detuvo un momento a su lado, pensando qué excusa darle a su madre, qué otra mentira decirle. La vieja sospecha, pensó, no es boba y se dio cuenta que Rita apenas me habla, que todo parece estarse yendo al caño, y Pilar que anda de un humor de perros porque no nos vemos nunca. Justo ahora que veo a Pilar cada vez menos, Rita está convencida que la veo más que nunca.

—No, pero el jefe me hizo unos encargues y le tengo que comprar un regalo a Rita.

—Ah, qué bien, te acordaste que se viene el cumpleaños.
—Claro que me acordé, ¿cómo me podía olvidar?

José la besó levemente sobre la cabeza, apenas tocando el pelo ondeado con sus labios, y la dejó concentrada en el cuidado de sus plantas, tarareando el aria de la ópera que siempre escuchaba en su disco rayado. Abrió el portón y sonrió diciéndose que a pesar de todo su madre estaba contenta. Demasiado temprano para ver a Pilar, hizo las entregas que le había pedido el jefe, manejando instintivamente, distraído, ignorando los insultos que le llegaban desde otros autos cuando él no aceleraba antes de que la luz cambiara de roja a verde, cuando iba a una velocidad poco mayor que la máxima legalmente autorizada. La voy a llevar al cine, pensó. Voy a invitar a mi mujer al cine para celebrar el cumpleaños. Y le voy a comprar flores, a ella le gustan las flores. Necesitaba recuperar a Rita, pero no se sentía capaz de dejar a Pilar, no quería ni podía. No sé qué le molesta si yo veo a veces a otra, además, racionalizaba, no es otra mujer cada día, Pilar es mi amiga, yo quiero a Rita, son cosas distintas, además Pilar tiene al viejo. ¿Por qué no podemos seguir así? Tengo que ver a Pilar, no estuve bien con ella últimamente, la anduve ignorando. Decidió irla a buscar a la fábrica, hacía meses que no iba por allá y sabía que a Pilar le gustaba ese tipo de sorpresa. Estacionó la camioneta frente a la salida por donde saldría su amante y apagó el motor, mirando con desprecio la fachada del edificio en el que había trabajado según él demasiado y que simbolizaba un poder y control que parecían ahogarlo. El que ríe último ríe mejor, se dijo con orgullo, satisfecho de no depender de demasiados capataces con los que nunca se pudo entender. Los obreros empezaron a salir de a poco como hormigas entrenadas a moverse al escuchar un timbre, muchos de los cuales él reconoció. De repente, entre decenas de hombres y mujeres indistinguibles en su andar, actitud y vestimenta, la vio, conversando, riendo, coqueteando con varios de los obreros que pasaban a su lado, sacándose el saco de lana y guardándolo en el bolsón que colgó de su hombro, prendiendo un cigarrillo, caminando por la vereda frente a la cual él la observaba desde la seguridad de la camioneta. El cuerpo de su amante, meciéndose sensualmente, lo atrajo y deseó tenerla cerca, pero al mismo tiempo, sintió una repulsión inexplicable por ella y decidió encender el motor e irse, pretendiendo no haber estado nunca ahí. Pero en ese momento, como si hubiera sentido su mirada sobre su cuerpo, Pilar miró hacia donde él estaba estacionado y lo vio. Cruzó la calle corriendo hacia él y apretó su cuerpo contra el vehículo agarrándose del borde de la ventanilla.

—¿Y a qué debo tan agradable sorpresa?

—Nada. Tenía un rato libre y decidí decirte "hola" —le dijo a través de la ventanilla abierta sin moverse.

—Bueno, ¿me vas a invitar a entrar o me vas a dejar con el trasero en el medio de la calle hasta que algún bestia me lo atropelle?

Con el tamaño que tiene no me sorprendería si realmente lo chocan, pensó mientras le abría la puerta y forzaba una sonrisa. —Entrá, entrá.

Pilar besó los labios que él mantuvo cerrados y se acomodó a su lado. Él evitó su mirada y colocó las manos sobre el volante, sin prender el motor. Pilar, que lo conocía tal vez más de lo que él creía, notó de inmediato su actitud distante, indiferente, y por varios instantes lo miró en silencio. Trató de controlar el entusiasmo que sintió al verlo y la irritación que le siguió y ahora sentía por su actitud, no sólo la que estaba fracasando en disimular ahora, sino la que había tenido en los últimos meses, el interés y falta de interés que parecían alternarse sin sentido pero que ella sospechaba indicaban los últimos momentos de una relación de la que ella disfrutaba pero que no estaba dispuesta a que la trastornara o complicara la vida.

—Bueno, —le dijo finalmente rompiendo el silencio—, ¿vamos a ir a alguna parte o nos vamos a quedar acá sentados sin hablarnos como dos viejos?

—¿A dónde querés ir?

—Considerando el entusiasmo que tenés supongo que mejor elegís vos.

—A mí no me pasa nada.

—Bueno, dejémoslo así. ¿Qué querés hacer?

—No sé, vos podés decidir.

—¿Por qué mejor no me decís para qué viniste? Porque, ¿viniste a buscarme o a sentarte en el auto a mirar la fábrica?

—Tenía ganas de verte.

—Y, ¿algo más?

—No, nada más supongo.

—¿Qué te parece si no nos andamos a las vueltas y ponemos las cartas sobre la mesa?

—No ando bien Pilar, no sé qué me pasa.

—Yo sé muy bien lo que te pasa y te lo voy a decir porque vos no tenés el coraje de decírtelo a vos mismo y menos que menos a mí. ¿Estás listo para escuchar la gran verdad? Porque sabés que a mí no me gusta andarme con vueltas. —José mantuvo la vista sobre el volante y se encogió de hombros en un gesto indeciso, infantil—. Te diste cuenta que querés a tu mujer, lo que me parece muy bien, porque vos bien sabés que yo nunca quise que la dejaras por mí, porque yo no pienso dejar a mi marido, y ahora no tenés el coraje de dejarme.

—Vos lo hacés sonar tan fácil —le dijo mirándola por primera vez desde que ella entró al auto.

—No es ni fácil ni difícil. Vos complicaste las cosas más de lo que eran. ¿Acaso no tenías claro desde el principio lo que yo quería? O, ¿qué te pensaste? ¿que podíamos seguir para siempre?

—No, no —contestó, dándose cuenta que él nunca había

pensado qué era él para ella y hasta cuándo iban a mantener la relación—. Yo te quiero, Pilar —le dijo automáticamente, al mismo tiempo dudando de la veracidad de tal aserción.

—De repente sí, de repente no. ¿Qué diferencia hace?

—¿Vos no me querés? —le preguntó con ansiedad, su voz temblorosa presintiendo el rechazo que se negaba a considerar.

—No, yo no te quiero José. ¿Para qué te voy a mentir?

José la miró con incredulidad, negándose a reconocer que quizás ella había significado más para él que él para ella.

—¿Nunca me quisiste?

—José, ¿qué te está pasando? ¿Te estás poniendo idiota? Te estás portando como un chiquilín.

—Quiero saber si alguna vez me quisiste.

—Y, ¿qué diferencia hace?

—Quiero saber.

—Bueno, te tengo cariño, me gustás y gustaste siempre, desde mucho antes de que vos te dieras cuenta de que te tenía brutas ganas, pero, ¿quererte? ¿como para vivir contigo para siempre? No José, así nunca te quise. Así te quiere tu mujer, no yo.

José, su expresión triste, le tomó una mano sin saber qué hacer con ella. Amor propio herido, alivio y paz, tres sensaciones que se mezclaron y sintió al unísono sin saber cómo darles algún sentido. Oleadas de "no quiero que me deje, me tiene que querer, cómo no me va a querer", se alternaban con "mejor así, ahora no tengo que preocuparme más por ella". El dolor ocasionado por la franqueza de su amante, la claridad con la que ella siempre vio la relación que él vivió pero en la cual no pensó, fue más fuerte que el amor que podía sentir o creyó alguna vez sentir por ella. Ella le apretó la mano y sonrió, más conocedora de la vida que él.

—Andá, andá con tu mujer. O, ¿te creés que no me di cuenta de que cada vez nos vemos menos y no nos acostamos

hace....ya perdí la cuenta, pero hace mucho.
—Rita me va a dejar.
—¡Ah! ese es el problema. La cara larga no era por mí, inocente yo, sino por tu mujer, y vos, pobrecito, ahora se va a quedar sin mujer y sin amante. Dejame que entienda, vos no querés que tu mujer te deje, pero estás aburrido de mí, pero no querés que yo te deje, si no te quedás sin nada. Esperá un poco, me olvidaba, siempre tenés a tu madre, ella nunca te va a dejar. Ni siquiera dejaste que la pobre pueda dejar a tu hermano. Atrevete a decirme que no tengo razón.
—¡No me jodas Pilar! ¡Ya tengo bastante!
—Pero, decime, ¿quién empezó todo? A ver, un poquito de sentido común por acá.
—Yo no tengo la culpa de nada.
—¿Ah sí? ¿Desde cuándo? ¿A ver? Hagamos un poquito de memoria. Dejame que te ayude. Vos te metiste conmigo, vos fuiste el que me empezó a perseguir día y noche, claro, no voy a negar que me gustabas, ya te lo dije, pero, vos no me dejaste tranquila hasta que me metiste en la cama... —no le iba a admitir que ella también lo persiguió y provocó, se dijo.
—¡Pobre víctima! ¿De qué me estás hablando?
—¡Dejame terminar! Vos perseguiste a Rita hasta que se ennovió contigo, vos mismo me lo dijiste, vos fuiste el de la idea de hacerle creer a tu madre que Luis estaba vivo, todo vos, y ahora estás metido en flor de lío y no sabés cómo salir. Bueno, yo por mi parte te voy a hacer las cosas fáciles por última vez. En lo que a mí respecta, mi querido, —le dijo con una sonrisa— te dejo en libertad. ¿Viste qué buena soy? Hasta te evité el trabajo de tener que romper conmigo, así no tenés que sentirte culpable, yo soy responsable. Porque, ¿sabés una cosa? Responsabilidad es lo que a vos te falta.
—¡Cómo carajo te atrevés a decirme eso!
—Porque es la verdad. ¡Y a mí no me grites, yo no soy nada tuyo!

Ninguno habló por minutos, o quizás fueron sólo segundos, sin mirarse, sin tocarse, en el silencio que se había creado dentro de la camioneta y que contrastaba con el incesante ruido de los camiones que parecían triturar los adoquines bajo su peso.

—No es justo que me trates de irresponsable —dijo finalmente, dolorido por la acusación que creía totalmente injusta.

—Olvidate que te lo dije, no veo por qué tenemos que terminar enojados. Cosa tuya, yo mejor me voy. Me están esperando en el café.

—¿Quién te está esperando?

—Eso es cosa mía, muchacho. Que te sea leve pichón.

Con una sonrisa Pilar se le acercó y lo besó en la mejilla. Se deslizó por el asiento, abrió la puerta de la camioneta, acomodó su cartera tejida sobre el hombro y se bajó cerrando la puerta con fuerza. José prendió el motor, miró por el retrovisor, aceleró y se fue.

Querida mamá:
¡Qué contento me puso saber que Adela y Ulises se comprometieron! Estoy deseando recibir la foto. Hiciste bien en darle un pedazo de torta a Pola, es una buena vecina. Perdoname vieja, pero no voy a poder estar para el casamiento, hay órdenes estrictas acá y no dejan que nadie se vaya sin un permiso muy especial que ya me dijeron que a mí no me van a dar. ¿Qué se puede hacer? La vida del soldado, dicen. Pero, vos mandame fotos. Adela está de lo más contenta, yo lo noto en sus cartas.
No te preocupes tanto por José y Rita. Yo tengo esperanzas de que todo se va a arreglar. Él está de lo más metido con ella y te cuento, entre nosotros, que si alguna vez hubo algo entre José y alguna mujer, ahora no hay nada de nada, te lo puedo asegurar.

Te mando un gran abrazo. Te quiere,
Tu hijo

    Las semanas que transcurrieron entre el compromiso y casamiento de Adela se sucedieron en un frenesí de actividades que parecía no tener fin. Adela organizaba, planeaba, compraba, con un entusiasmo que Rita le envidiaba y del que Francisca disfrutaba y se enorgullecía. Hasta su inicial rechazo y desinterés por Ulises parecían haber desaparecido y le demostraba un afecto que parecía más sincero y espontáneo que el que le había mostrado a Vicente. Cuánto era amor y cuánto la calma lograda al haber llegado a la conclusión de que a través de Ulises lograría todo lo que había esperado por años nadie sabía; ella no lo mencionaba y nadie le preguntaba. Si estaba o no enamorada de él no parecía ser lo que más le importaba en esos momentos, en los que imaginarse rodeada de lo que para ella era lujo y comodidades era lo único que parecía importarle.
    —¡Qué contenta se te ve últimamente! —José había entrado a su pieza mientras ella ponía invitaciones para el casamiento en sobres que una compañera con conocimientos de caligrafía había escrito, su regalo de bodas.
    —Pero no a vos. ¿En qué andan con Rita?
    —No muy bien. —José se sentó a su lado y miró sin prestar mayor atención a los nombres y direcciones escritos con un tono de tinta verde azulada que le pareció horripilante, pero prefirió no criticar nada—. Rita me va a dejar. Después del casamiento se va a ir al interior con los nenes —le dijo sin mirarla en voz baja mientras ordenaba los sobres en una pila tratando de hacer coincidir sus bordes.
    —¿Y vos qué estás esperando para hacer algo? —Adela levantó la vista del sobre del cual protuía una invitación y lo miró poniendo el sobre de lado.
    —No sé qué hacer. Le compré flores para el cumpleaños,

las puso en un florero y no me dijo más nada. Hasta la invité para ir al cine pero no quiso venir.

—¿Y qué esperabas? ¿Que después de meterle cuernos por no sé cuánto tiempo, haberte quedado sin trabajo, perdido la casa y traerla a vivir con mamá a una pieza, ella esté pronta a olvidarse de todo?

—Vos no me ayudás mucho.

—¿Y qué querés que yo haga? Vos te metiste en los líos solo, ahora salí.

—Vos te hacés la viva porque tuviste la suerte de encontrar a Ulises, si no te querría ver.

—Dejame hacer mis cosas, andá a quejarte a otro lado, cada uno se arregla como puede.

Andá a quejarte a otro lado, eso parecía ser lo que todos le decían, pensó, o por lo menos lo que su hermana y su ex-amante le dijeron, o él escuchó. Y encima de todo, se dijo, tengo que seguir escribiendo las cartas, y se me está terminando la inspiración. ¿Por cuánto tiempo más voy a poder seguir?

—Adela, —le dijo a su hermana que había reiniciado la tarea de meter invitaciones en los sobres mientras tarareaba una canción para él irreconocible, absorta nuevamente en su actividad— no sé qué hacer.

—¿Qué hacer con qué? —le preguntó como si hubiera olvidado lo que él le había confesado segundos atrás, dando un suspiro que pareció decirle que estaba cansada de escucharlo, que ahora estaba demasiado contenta como para oír sus quejas, que no quería arruinar su entusiasmo con la tristeza y mal humor que temía fueran contagiosos.

—No querés que te hable de Rita, ¿no?

—No, francamente, no.

—Tengo otro problema. No sé hasta cuándo podré seguir escribiendo las cartas, ya no puedo más, no sé qué decir, me pesa sentarme a escribir, no tengo ideas, no tengo ganas.

Adela, no quiero ser más Luis, ¿entendés? Pensé que dejaría cuando vos te cases, cuando todo volviera a la normalidad, cuando Vicente era el candidato....

—No me hables de él —lo interrumpió bruscamente, levantando la vista por un instante.

—No, no te enojes, el asunto no es Vicente, él ya es historia, me importa tres cominos, ahora te casas, Ulises es un buen tipo, y eso es lo importante, pero en qué momento después del casamiento le decimos, y cómo le decimos, ése es el problema.

—No, no, no, mi querido. Vas a tener que conjugar los verbos de otra manera, en singular, ¿entendés? No es "cómo le decimos o cuándo le decimos" sino "cómo le digo y cuándo le digo". Nada de plurales acá. Vos le vas a tener que decir la verdad solito. Vos fuiste el de la idea, vos escribiste las cartas, a vos te toca. Eso sí, Ulises y yo vamos a venir enseguidita que mamá se entere así estamos con ella y la acompañamos, pero decirle, no, eso te toca a vos. Vos fuiste el de la idea, vos escribiste las cartas, yo estoy fuera de ese lío. —Adela se levantó, tomó todas las invitaciones en su mano y las colocó en un bolsón—. Ahora me voy al correo a mandar algunas invitaciones y a la tarde Ulises y yo empezaremos a repartir el resto. Si llegan regalos, ¿los podés poner en tu pieza? Acá ya no tengo lugar para nada y todavía me tiene que llegar el traje de novia, tengo que recoger la ropa que encargué para la luna de miel, valijas nuevas, y no sé dónde voy a meter todo eso. ¿Qué querés que te diga? ¡Un loquero hermanito! ¡Un loquero! —le dijo con una gran sonrisa y un entusiasmo que no iba a permitir que nadie lo amenazara.

Adela salió de su cuarto, sus tacones golpeando los listones de madera hundidos, y José quedó solo en el cuarto que olía a humedad y violetas, preguntándose qué hacer, y por un momento deseó que su hermana rompiera el compromiso y que nada cambiara, mantener el doloroso status quo que ahora parecía ser una mejor alternativa que decidir cómo y cuándo decirle la verdad a su madre. José escuchó los pasos de Rita en el cuarto contiguo y se preguntó si entrar y hablar con ella, pero no sabía qué decirle ni cómo decirle lo que necesitaba. Entonces, no entró.

Querido hijito:
Aquí estoy, contentísima por la alegría de Adelita y el casamiento que se nos viene, pero Josesito anda tan caído que me tiene triste. No sé por qué no le habla a Rita y se arreglan de una buena vez. Yo estoy segurísima que Rita lo quiere, pero ahora ella se encaprichó. Sabés como es? Ahora le quiere haser pagar por todo lo que pasó, pero yo digo, si pasó, pasó, uno no puede ser tan rencoroso. Ahora estoy segura que Josesito no ve más a esa mujer, gracias a Dios, si habré yo rezado para que terminara con esa, pero Rita no le cree, o se hase la que no le cree, no sé. Sea como sea, apenas se hablan. Pero yo estoy segura que todo va a terminar bien, vas a ver. Hay que darles tiempo. Hablando de otra cosa, tenés que ver qué presioso vestido me hizo la Zully para el casamiento. Te acordás de Zully, ¿no? Linda muchacha, no sé por qué nunca quisiste salir con ella. Bueno, de repente cuando vuelvas la podés invitar, todavía está soltera. Adelita no quiso que ella le haga el traje de novia, dijo que ella no quiere llevar un traje hecho por una modista de barrio, entonces Ulises, que es un santo, le compró el vestido en una de esas tiendas caras del centro. Está embobado con Adelita. Ese muchacho nos cayó del cielo.
¡Cuánto me gustaría que estés con nosotros! Se nos viene el casamiento, prontito, prontito. Adelita dijo que como el casamiento es en pocas semanas, para fin de año haremos una fiestita en casa, pero nada grande, un brindis nomás.
Chau querido. Cuidate. Te quiero mucho
Mamá

Pobre vieja, pensó José al leer la carta que guardaría en un cajón junto con todas las otras que su madre le había escrito a su hermano, qué fácil arregla todo, para ella la vida es tan sencilla, no sé por qué carajo a mí se me complicó tanto. ¡Ay hermano, cuánto te extraño! ¡Ojalá vos me pudieras decir qué hacer! dijo sentado sobre el escalón de la cocina, frente al patio vacío, sollozando. Rita se acercó sin que él lo notara y se sentó a su lado, poniendo una mano sobre su rodilla. Él la tomó e intentó acercarla a sus labios, pero ella la retrajo y se paró, evitando todo contacto.

—No sabía que estabas en casa —empezó él, secándose las lágrimas y parándose a su lado.

—Hace demasiado calor para salir. Además le prometí a Adela ayudarle con los arreglos para la fiesta. Me pareció que había alguien en el patio, por eso salí del cuarto. Estaba más fresco ahí.

—Rita....

—No empecemos, no cambié de idea.

—Está bien, hacé lo que quieras. Me voy al negocio, de repente el jefe me da algo para hacer. Él es el único al que le soy útil. —Se fue dejándola sola en medio del patio, llorando.

Si pasó algo diferente, fuera de la rutina que se habían creado, durante las semanas que precedieron al casamiento de Adela, nadie lo notó. Todo lo que se escuchaba y todo lo que se hablaba tenía que ver con la boda, la decoración del apartamento, la luna de miel. Nadie parecía tener otro tema del que hablar, y, como nadie trataba de hablar, Adela lo hacía, tuviera o no quien la escuchara llenando los almuerzos y cenas peligrosamente silenciosos con cuentos de sus planes y compras, que repetía sin que nadie pareciera darse cuenta de que ya habían escuchado lo mismo horas o días atrás.

Querida mamá:
¡Feliz Año Nuevo! Este año va a empezar bien, con el

casamiento de Adela, José trabajando, seguro que en pocos meses él y Rita hacen las paces y todo va a estar perfecto. Por acá el nuevo año no parece distinto del viejo año. Pero los muchachos y yo brindamos con una especie de agua amarilla que te aseguro no parecía sidra, y unos dulces que llegaron duros y sin demasiado gusto. Estoy deseando ver fotos del casamiento, seguro que todos van a estar preciosos. Chau viejita, y acordate, ¡Año Nuevo Vida Nueva!
Te quiere mucho,
Tu hijo

Adela y Ulises emprendieron la luna de miel dejando atrás cajas vacías, papel de regalo roto, cintas cortadas sin cuidado, regalos repetidos que debían devolver al regreso, el vestido de novia arrugado, pisoteado y manchado por las bebidas que se habían volcado por el piso y la manteca de los saladitos que algunos tiraron ignorando los tachos de basura, y el traje alquilado de Ulises con la camisa blanca que había perdido un botón, un desorden que Rita contemplaba con desagrado y envidia.

—¡Vamos chicos, apúrense que tenemos que tomar el tren! —llamó a sus hijos mientras terminaba de cerrar sus valijas.

—¿Papá viene con nosotros, mami?

—No Pablito, papá se queda con la abuela Francisca y nosotros vamos a ver a los otros abuelos —le contestó mientras arrastraba el equipaje pesado hacia la puerta que comunicaba con el patio.

—¿Por qué la abuela Francisca no viene con nosotros? —preguntó María lloriqueando y siguiéndola hacia el patio.

—Nena, no seas pesada, vamos a ver a los otros abuelos. No te olvides tu muñeca porque yo no la vengo a buscar.

—¿Te vas Rita? —la voz de Francisca desde la puerta de la cocina, acercándose, interrumpió las preguntas de sus hijos que prefería no contestar—. ¿Estás segura de lo que estás haciendo?

—Necesito unas vacaciones, Francisca. Fue un año largo y difícil.

—Como vos digas. —Francisca no insistió, y recogió el bolso más liviano. Las dos mujeres, seguidas por los niños, arrastraron las valijas a lo largo del patio bajo el sol que les quemaba la piel y la humedad opresiva, y las llevaron hasta el taxi que los estaba esperando con el motor andando.

—Chau Francisca, gracias por todo. —Rita se agachó para abrazar a Francisca y se mordió los labios para contener el llanto.

—Chau Rita. Buen viaje y saludos a tus padres. Vengan chicos, denle un beso a la abuela. —Francisca abrió los brazos, se agachó y apretó a los niños contra ella rodeándolos con sus brazos.

—Chau abuela, chau —gritaron sus nietos, las manos extendidas fuera de la ventanilla del taxi que se alejaba, dejando a Francisca parada en la vereda diciéndoles adiós con su mano.

Francisca entró a la casa, donde sólo escuchaba el cantar de los canarios y las voces, risas y ruido que hacían los vecinos y que viajaban a través de los patios abiertos. Me voy a hacer unos mates y sentarme en el patio a escuchar la radio, pensó, cuando vio la figura de José saliendo del lavadero.

—Josecito, ¿qué hacés acá? Me asustaste. Pensé que no estabas en casa.

—Me escondí en el lavadero. Quería ver a los chicos, pero Rita no quería que estuviera cerca cuando se fueran. Ella no sabía que me quedé en casa.

—Ah, bueno. Vení, sentate a tomar unos mates conmigo —le dijo mientras abría el perezoso de lona verde.

—No, mamá, no quiero mate. Mirá, hay algo que quiero decirte. —Alcanzó una banqueta de madera roja despintada de entre las plantas y se sentó junto al perezoso de su madre. No, no puedo decirle ahora, ahora es un mal momento, no ahora.

—¿Qué pasa Josecito?

—Yo también me voy, vieja.

—¿Te vas? ¿A dónde vas?

—Voy a buscar a Rita. No... no puedo quedarme acá esperando.

—¡Ah! ¡Por fin! ¡Cuánto me alegro Josecito! —le dijo apretando sus manos entre las suyas por un instante y soltándolas otra vez.

—No quise decirte antes para no preocuparte, pero me dijo el jefe que si quiero puedo quedarme a trabajar en el interior, ahora tiene clientes por allá y me tiene confianza. Ganaría mucho más, hasta seguro voy a poder comprar una casita con jardín, para que los pibes tengan donde correr. Hasta pensé en construirles un par de hamacas y un tobogán. Seguro que los pibes estarían contentos correteando por el fondo.

—¡Qué alegría Josecito! ¡Yo sabía que todo se iba a arreglar!

—Sí, vieja, pero hay algo más... —le tomó las manos que Francisca había apoyado sobre su delantal a cuadros y trató de sonreír. Bueno, por empezar tu hijo Luis está muerto y por seguir te mentimos o mentí por un año, no, mentimos, todos mentimos y.....

—¿Qué más? —su voz interrumpió sus pensamientos.

—¿Qué te parece si te venís a vivir con nosotros? —le ofreció, escapando de la verdad que tenía atascada en su garganta y no podía transformar en palabras. —No es bueno que te quedes acá sola, Adela ahora va a tener su apartamento, yo en el interior, ¿qué vas a hacer en una casa tan grande?

—No, no, no. De ninguna manera. A mí de acá nadie me mueve.

—Pero vas a estar muy sola.

—Yo nunca estoy sola. Ahora andate a preparar tus valijas y a encontrarte con Rita y los chicos. Con suerte los vas a poder esperar en la estación de tren, pero tenés que manejar con cuidado.

—Bueno, bueno, voy a buscar las valijas, ya las tengo listas. —José se levantó del banquito que casi rozaba el suelo y fue hasta el lavadero, donde debajo de la pileta de lavar de cemento había dejado su equipaje, mientras Francisca entraba a la cocina y ponía agua en la caldera de metal esmaltado. Por lo menos va a tomar unos mates antes de empezar ese viaje largo, pensó, y le voy a preparar un paquetito con bizcochos. No sé en qué tengo la cabeza que me olvidé de darles los bizcochos a los chicos. Francisca envolvió la factura en una servilleta algodón celeste bordada con margaritas y la colocó en una bolsa de papel. Ahora mismo le llevo esto, se dijo mientras apagaba la hornalla, no sea cosa que me olvide otra vez.

No puedo no decirle, no es justo, hablaba José mientras arrastraba las valijas hacia la puerta semi abierta del lavadero y se detenía cada varios pasos confesando. ¿Porque sabés una cosa vieja? Yo no quiero ser más Luis, yo no quiero ser Luis. Yo soy medio inútil, y siempre fui medio boludo, ¿para qué nos vamos a engañar? Yo lo sé y todos lo saben, mi mujer, mi ex amante, mi hermana, hasta vos sabés que yo no sirvo para mucho, pero ser mi hermano me cansa, me cansó vieja. ¿Cómo te puedo pedir perdón? Al escuchar esa palabra comenzó a sollozar y entre sollozos siguió hablando. Yo no quise hacer nada mal, vieja, sólo quise ayudar un poco, no darte más dolor, no hacer las cosas más difíciles en aquel verano de mierda cuando todo salía mal, y mirá ahora en qué lío estoy metido, pero tenés que saber vieja, tenés que saber la verdad. Luis está muerto viejita, está muertísimo, tan muerto está que hasta ya nos reímos y pensamos menos en él, sólo yo me sigo acordando de él cada vez que tengo que ser él, pero ya no puedo más vieja, quiero seguir mi vida, quiero cambiar mi vida, ya no puedo más.

—¿Con quién estás hablando Josecito? —preguntó Francisca parada a la entrada del lavadero con la bolsa de los bizcochos en su mano.

—Solo vieja, estaba hablando solo, nada importante —se secó la cara con un trapo que colgaba de un aro de plástico.

—¿Estabas llorando?

—No, no, estoy un poco nervioso, nada más.

—Ah Josecito, debe ser el estrés. Pola me dijo que leyó toda una página sobre estrés en el suplemento del domingo y que a uno hasta lo puede enfermar. Me dijo que me lo va a dar para leer. Vos también deberías leerlo, no sea cosa que te enfermes. Pero mirá, antes que me olvide, acá tenés unos bizcochos para el viaje y para los chicos.

—No vieja, no tengo...

—Haceme caso y llevate unos bizcochos, si no vas a pasar hambre y ¿qué vas a hacer si te agarra hambre a mitad de camino? Vas a tener que ir a algún café del camino, te va a salir un montón de plata y te vas a atrasar. Acordate Josecito tenés que llegar a la estación antes de que llegue el tren.

—Bueno, bueno, dame los bizcochos —le dijo resignado.

Caminaron juntos hasta la vereda y de un tirón José levantó y tiró las valijas en la parte de atrás de la camioneta. —Bueno vieja, me voy, tengo un viaje largo. —Se agachó y abrazó a Francisca que lo miró y sonrió. —Vas a ver Josecito, todo va a salir bien. Manejá con cuidado y no te hagas el loco por la carretera. Y cuidate de los borrachos, está lleno de locos que manejan borrachos.

—Sí vieja, ya sé —le contestó entrando a la camioneta.

—Josecito —le dijo acercándose a la ventanilla— acordate, vos los vas a esperar en el andén de la estación, como en una película de amor, una de esas que siempre tienen un final feliz y que hacen llorar a la gente.

—Si vieja, como una película de amor. ¡Lindo galán soy yo! —José sonrió ante la imagen absurda que su madre había creado.

—Mejor así, que sonrías Josecito. Y ahora andá de una vez por todas con tu mujer, que si tenés suerte y no se pone orgullosa te va a agarrar con los brazos abiertos.

—Sí, mejor me voy —le dijo poniendo el motor en marcha.

—Manejá con cuidado —le repitió inclinándose contra el auto y besándolo en la mejilla.

—Sí vieja, ya te oí. Te llamo cuando llegue.

—Mejor llamame mañana, hoy tenés que estar con Rita y los nenes.

José aceleró y se unió al tráfico alejándose hasta que Francisca lo perdió de vista. ¡Qué cabeza la mía! se dijo frustrada entrando al zaguán, me olvidé de servirle un mate y ahora el agua debe estar fría y hasta se me fueron las ganas de tomar uno.

José manejó varias cuadras incapaz de dejar de pensar en su hermano, su madre y la necesidad de decirle la verdad. Estuve a punto, estuve a punto y no pude, pedazo de idiota, se dijo enojado. Bueno, pensó, mejor lo hablo con Rita cuando llegue y decidimos qué hacer. Esa solución lo calmó momentáneamente. Súbitamente se dio cuenta que no tendría cómo hacer para hacerle llegar las cartas porque Adela ya no podía dar la excusa del correo de la oficina, todo parecía complicarse cada vez más. Se desvió del camino por el que necesitaba seguir y manejó por varias cuadras en un barrio tranquilo, dando vueltas a la manzana tratando de encontrar una solución. Ya sé, se dijo con orgullo por haber tenido una nueva idea. Le voy a decir que el cuartel estaba en camino, total ella nunca anduvo por esta zona, y que me bajé porque tuve un presentimiento, la vieja cree en esas cosas. ¡Por fin una idea decente! Le voy a decir que justo nos estaban por llamar porque Luis tuvo un problemita al corazón, total el viejo siempre sufrió del corazón, y que lo van a internar, y en unos días, cuando Adela vuelva de la luna de miel, entre todos le decimos que no lo pudieron salvar, que le falló el corazón, pero que no sufrió nada, que fue como si se hubiera dormido. Profundamente aliviado decidió volver a su madre a darle la noticia. Si no la embarro y no la pongo demasiado nerviosa, y si no manejo como una tortuga, todavía voy a llegar a la estación antes que el tren, pensó.

Estacionó en la puerta y abrió el portón que no había sido trancado. Le voy a tener que decir a la vieja que tiene que tener más cuidado, no puede dejar la puerta abierta ahora que va a vivir sola, ¿por qué carajo no cerró la puerta? ¿no se da cuenta que cualquiera puede entrar?

—Vieja —llamó entrando al zaguán—, vieja, volví. ¿Dónde estás? —Entró al patio iluminado por la luz de la luna que se reflejaba en las hojas de las plantas dándoles un brillo blanquecino—. Mamá —la llamó con urgencia al notar que no había luz en la cocina y la casa parecía estar vacía—. Vieja, ¿dónde te metiste?

Abrió varias puertas sin resultado, hasta que vio un débil rayo de luz saliendo por debajo de la puerta de una habitación que había sido designada como depósito y en la que sólo había armarios con ropa vieja y cajas sin zapatos. Al abrir esa puerta vio a su madre sentada sobre un banquito, entre muebles viejos y polvorientos, la luz de una lamparita que colgaba del techo apenas iluminando la pieza. El color amarillento que la luz otorgaba a la piel de su madre lo asustó.

—Vieja, ¿qué hacés acá sentada como un fantasma? —se acercó lentamente a ella— Volví por un momento nada más porque tengo algo que decirte. —Coraje, tengo que tener coraje, esto va a salir bien, es casi la verdad, y no tan horrible como la verdad—. Mirá vieja, iba manejando y cuando pasé por el cuartel... —llegó al lado de su madre y se inclinó para hablarle, su cara quedando a la altura de la de Francisca.

Francisca no había desviado la vista y lo seguía observando sin decir nada, sus labios en una sonrisa que él no comprendía.

—Mirá vieja —empezó y estiró su brazo para tomar la mano de su madre en la suya. Pero al tratar de tomar la mano de su madre ella no la abrió. Entre sus dedos sostenía un papel que José vio de reojo pero en el que notó un sello que lo forzó a desviar su mirada de la cara de su madre y enfocar su mirada en ese papel. En su mano Francisca sostenía una carta, el original de la que le habían entregado a José un año atrás, el documento que certificaba la muerte de Luis.

José bajó la cabeza y comenzó a llorar, tapándose la cara con las manos, hincado al lado de su madre. —Perdoname vieja, perdoname, yo no sabía..... yo lo hice porque pensé.... ¿qué te hice vieja, qué te hice?

—Vamos Josecito, vamos —le dijo hablando por primera vez desde que él había vuelto, apoyando la carta sobre el mueble polvoriento y tomando las manos de su hijo—, ya no hay por qué llorar. Ya no hay que llorar más.

—Pero vieja, pero.....

—No Josecito, ya no hay por qué llorar. Vení, —le dijo levantándose y haciendo que él se parara también— dame un abrazo y andate de una vez por todas. Acordate Josecito, tenés que llegar a tiempo a la estación. Si vos no das un final de película, ¿quién lo va a dar?

—Ay vieja, —le dijo abrazándola y metiendo su cara húmeda por las lágrimas entre su pelo— yo sólo quería....

—Lo único que vos tenés que querer es ir a encontrarte con tu mujer y tus hijos. Andá, andá, o no vas a llegar a tiempo.

José entró a la camioneta otra vez y aceleró con fuerza, su mano estirada por fuera de la ventanilla, sacudiéndola en un vaivén que sostuvo hasta que dejó de verla por el retrovisor. Francisca lo vio alejarse otra vez y entró al zaguán, ahora cerrando el portón con la llave que colgaba del gancho de hierro y que cubría con la bolsa que usaba para hacer los mandados. Caminó lentamente por el patio y entró al cuarto del que se mudaría esa noche para volver al suyo. Puso su disco, su preferido, en el tocadiscos viejo y lo prendió, la púa cayendo en el espacio entre los surcos y produciendo un chirrido. La acomodó con destreza y comenzó a tararear el aria junto con la soprano. Subió el volumen al máximo y salió al patio. Colocó su perezoso entre los jazmines y las lilas y se recostó inhalando el perfume de las flores. Miró el cielo cubierto de estrellas en esa noche clara de verano, cerró los ojos, calló y sonrió, dejando que la voz de la soprano la trasportara a un mundo de fantasía, lejos de la casa de la calle Flores, donde cada vez que sonaba el timbre corría por el patio, sus pies cansados metidos en las chancletas de lona azul y suela de goma gastada.

EN UN DÍA CUALQUIERA

Una mañana estival como tantas otras en ese pueblo aislado, polvoriento y decrépito, el cuidador del cementerio, viejo de piel dura, cuero arrugado que brillaba bajo el azote del sol implacable, tomó la pesada llave de hierro del aro que se balanceaba en su brazo y la introdujo en la cerradura de los portones, rutina que había seguido por los últimos cuarenta años. De espaldas a los muertos que yacían protegidos tras los altos muros de cemento irregular y rasposo por encima de los cuales sólo se divisaban las copas de eucaliptos añejos, tironeó con fuerza del portón, que bajo su jalón experto cedió con un chirrido. Afuera, recostada sobre la muralla, una mujer rubia fumaba, el cigarrillo casi chato aplastado bajo la presión de sus dedos, consumiéndolo rápido, con urgencia, una pitada tras otra, mientras sus piernas tensas, desnudas y bien torneadas, se cruzaban y alternaban en un movimiento incesante, sus pies encajados en sandalias de tacón gastado levantando el polvo que cubría las baldosas rotas. Miraba con indiferencia la imagen que tenía frente a ella, un camino angosto de tierra bordeado por ranchos, techos de lata, ventanas rotas y perros hambrientos. Giró su cabeza bruscamente al escuchar el sonido de los portones abriéndose, para ella el lamento, el quejido agudo que estaba esperando y que rompió el silencio. Tiró el pucho, y con pasos rápidos, sosteniendo la cartera de paja blanca bajo su brazo tostado, se acercó a la entrada del cementerio donde estaba enterrada su madre. Atravesó los portones abiertos de par en par y entró al hall donde el aire frío y húmedo de la noche se había impregnado en las paredes de mármol, las columnas dóricas intimidándola con su majestuosidad, la superficie del techo cubierta por pinturas de nubes algodonosas, un cielo azul brillante y rayos de sol abiertos en abanico que ella ignoró. En la distancia y enfrentándola, las tumbas formaban hileras ordenadas que parecían extenderse hasta el infinito. Con trepidación, habiendo perdido algo de la resolución que parecía haber tenido, la mujer se acercó lentamente al límite entre el vestíbulo y el comienzo del campo abierto, sin límites, y se detuvo. Extrajo un pequeño papel blanco arrugado de la cartera que había dejado marcas en cruz en su brazo, lo leyó, levantó la vista con ansiedad y miró en varias direcciones. Aún␣ sosteniéndolo entre sus manos delgadas sin anillos, las uñas cortas mordisqueadas, un reloj pulsera de correa marrón gastada alrededor de su brazo izquierdo, dio varios pasos hacia su derecha y caminó observando los postes de madera gastada. Letras y números inscritos en tinta negra sobre letreros rectangulares identificaban cada sendero. Miró otra vez el papel, el letrero, y dobló hacia la izquierda, su paso ahora lento, leyendo las inscripciones sobre las tumbas, buscando. Finalmente se detuvo, la expresión en su cara huesuda seria, sus ojos marrones fijos en el nombre grabado sobre el mármol negro. Dio varios pasos hacia atrás hasta que sus piernas tocaron la piedra fría de la otra tumba.

—Seguro que pensaste que nunca iba a venir —comenzó, enunciando esas palabras lentamente, desenrollándolas sobre su lengua seca, pastosa— y no es que te lo merecieras. Ni yo misma sé para qué vine, pero acá estoy —le habló al monumento, el volumen de su voz más alto, el tono más intenso, mirándolo de frente, como tratando de encontrar su mirada, desafiándolo—. Yo no iba a venir, me había prometido no verte, no hablarte nunca más, porque, ¿para qué te iba a hablar? Porque después de todo vos fuiste la que me dejaste de hablar primero. Te tocaba a vos venir a mí y no yo a vos. Pero vine, yo vine. Y ahora, que por fin estoy acá, que tomé todo el coraje que encontré dentro de mí, es hora de que me escuches, de que me rindas cuentas. Vos me tenés que rendir cuentas a mí, sí señora, a mí, —le dijo ahora, la ira que había ocultado por años empezando a desbordarla. La tumba, bajo el hechizo de su dedo acusador, se fue gradualmente metamorfoseando en una mujer, el mármol ablandándose hasta ser carne, la superficie lisa se transformó en la piel oliva, tersa, la piedra se alargó y esculpió hasta formar los muslos y brazos delgados, y un cuello largo que sostenía una cabeza donde ojos castaños la miraban como si fuera una desconocida.

—¿Cómo me pudiste tratar así? ¿Qué tipo de madre puede ser tan cruel, tan egoísta?..... No debería haber venido, no sé para qué vine —le dijo, dolor, arrepentimiento y furia en su voz.

Se dio vuelta, su mirada encontrando a lo lejos el muro sobre el que se había recostado temprano en la mañana, cuando aún se sentía capaz de enfrentar al fantasma de su madre, cuando aún sabía exactamente qué le diría, cómo se justificaría, qué le reprocharía; cuando todo el rencor y dolor acumulados por años parecían estar listos para presentarse en un orden coherente, comprensible, racional. Bajó la cabeza y la rotó, mirando otra vez al monumento que ahora era mujer.

—Yo no hice nada malo, ¿entendés? Nada malo. Me enamoré, era joven, inocente, pasó, lo que pasó, pasó. Pero vos no me querías así. Porque si yo no era como vos querías que fuese, estaba mal. A eso llegamos, o era como vos te empecinaste en que fuera, o no era más tu hija. Decime, ¿qué tipo de madre trata así a su hija? ¿Qué tipo de madre echa a su hija embarazada a la calle? Una mala madre. Por fin. Te lo dije, te lo dije —repitió como si necesitara convencerse de su arrojo y de la veracidad de su aserción—. Seguro que vos siempre pensaste que eras perfecta —siguió, el tono cada vez más enfurecido, el volumen de su voz más alto—, pero para que sepas dejaste mucho que desear. Y ya ni hablo de cómo me trataste a mí, porque para qué volver a lo mismo, pero,

¿qué me decís de cómo trataste a papá? ¿y a mis hermanos?, mis pobres hermanos a los que vivías criticando, siempre esperando de ellos algo, pero sin decirles lo qué era que esperabas. Nunca nadie te pudo satisfacer. Una pobre infeliz, eso eras. Lo único que querías era impresionar a otros, la dama de sociedad. ¡Pero si eras una pobre diabla, una pobretona que sólo pensaba en las apariencias! Y ahora estás muerta...., bien muerta...., y yo ni sé por qué vine —dijo lentamente, su voz carente de la intensidad explosiva de segundos atrás, casi resignada, la duda acosándola otra vez, sus hombros tensos aflojándose, cayendo, deteniendo su mirada sobre el nombre de su madre, su fecha de nacimiento y la de su muerte.

La brisa caliente rozaba sus brazos descubiertos, el sol estaba empezando a quemar, la tierra de los canteros casi seca. Suspiró y dejó caer la cartera que había mantenido apretada en sus manos sobre el suelo. Se sentó sobre la base del monumento, mirando al de enfrente. Permaneció callada, observando la foto sepia incrustada sobre la otra tumba, flores frescas adornando los jarrones que la rodeaban. Cuidadosamente se deslizó hacia atrás hasta que su espalda sintió la rigidez ahora tibia del mármol.

—¡Qué lindos son esos claveles! Se ve que a esa mujer la querían mucho —dijo, la furia que la había consumido por un breve espacio en el tiempo momentáneamente desaparecida. —¿Te acordás cuando vos decías que una casa sin flores es como un cementerio aburrido y papá decía que con tantas flores parecíamos una florería en quiebra? —sus labios secos se curvaron en una leve sonrisa al evocar la imagen de su casa llena de las flores que su madre se empeñaba en comprar y el cuidado con el que las acomodaba en floreros que compraba en ferias, rebajados, casi gratis. —¿Te acordás de aquel día cuando papá me estaba enseñando a andar en bicicleta y me caí? Vos largaste el florero y saliste corriendo a la calle, sacándote el delantal, retorciéndolo como una venda, listo para cubrirme la herida. ¡Y yo apenas me había hecho un rasguño! Después le hiciste limpiar a papá el piso mojado y recoger el vidrio roto. El pobre protestó y protestó y no le sirvió de nada. ¿Y la vez que los mellizos no se bajaron del ómnibus y vos fuiste a la policía convencida de que los habían raptado y cuando volviste estaban en casa? Los pobres nunca entendieron por qué los pusiste en penitencia. ¡Mirá las cosas de las que uno se acuerda! —dijo, moviendo su cabeza de lado a lado, pensativa.

De golpe se levantó, recogió la cartera, le sacudió el polvo, y sonriendo caminó apresurada hasta la salida. Volvió pocos minutos después, corriendo, un ramo de claveles reposando en sus brazos, el agua que chorreaba de las ramas humedeciendo su piel caliente.

—¡Mirá lo que te traje! —le habló orgullosa al monumento madre, todavía agitada, respirando rápido, sintiendo latir su corazón.

—Pero, ¿qué estoy haciendo?, —se preguntó ahora, el enojo volviendo a invadirla, desilusionada consigo misma—. Si seré idiota, por un momento me olvidé de todo lo que me hiciste, me ablandé, y vos seguro que te estás deleitando viendo qué hija idiota tenés. Bueno, vos siempre me dijiste que era una floja, que me dejaba llevar por otros, que no era capaz de hacer mis propias decisiones. Vos sólo me criticabas —dijo, el ramo aún sostenido en sus brazos. De golpe lo tiró con fuerza contra la tumba desparramando los claveles sobre el mármol y la tierra. Apretó los puños y caminó alrededor del monumento en silencio. Prendió un cigarrillo y se detuvo, mirando las tumbas que la rodeaban, apenas sintiendo el sudor que le estaba mojando la blusa blanca, la humedad en la entrepierna, el dolor en los pies metidos en las sandalias demasiado chicas. Oía sólo su respiración, el zumbido de alguna abeja o algún moscardón que no se molestaba en espantar. Se acercó hasta un eucaliptus y se sentó bajo su sombra, la tumba de su madre parcialmente tapada por las otras. Sólo veía su cuello, parte de su cara, sobresaliendo entre las otras, más bajas.

—Tal vez tenías razón —empezó mientras fumaba lentamente, la mirada perdiéndose entre los sepulcros. —Yo siempre me dejé llevar por otros. ¿Y sabés qué es lo peor? Creo que todavía lo hago. —No habló por varios minutos, ajena al paso del tiempo. Cerró los ojos y recostó la cabeza contra la corteza irregular del árbol, indiferente a las hormigas que lo recorrían en ambas direcciones. Imágenes que trataba de poner en orden se deslizaban por su mente, recuerdos a los que debía darle alguna coherencia.

—Las cosas no andan bien en casa —empezó a modo de confesión—. Creo que tu nieto, por el que me echaste de casa —le dijo ahora con más dolor que furia—, se droga. Tiene dieciséis años, sabrás, y no sé, no estoy segura, pero llega a casa tarde, anda con unos amigos que no me gustan nada, no sé, no sé. Y el padre, sí, el que me embarazó y terminó siendo tu yerno, ¿qué te parece?, me casé después de todo —dijo con ironía—, me sale con cosas raras. ¿Sabés lo que me dijo el otro día?, que él también había tomado drogas a esa edad y no pasó nada. ¿Vos sabías que él tomaba drogas? Yo lo vi usar alguna vez, pero nada más. Y yo nunca las probé, te lo juro. Ahora no sé qué hacer, porque creo que tu nieto me miente, creo que hasta me ha robado plata. Y no sé a quién contarle, no tengo a quién contarle —dijo, su voz entrecortada por el llanto que trataba de contener. Calló y tragó con fuerzas, sólo un gesto, su boca estaba seca—. Papá está mal. Se quedó sin trabajo, anda malhumorado, la casa es un desastre. Después que vos te moriste se dejó estar, y ahí andaba, no se interesaba en nada, no le importaba nada. Pero dos años después se consiguió una novia, una divorciada. ¿Sabés cómo la conoció? Te vas a reír, a través de un aviso en el diario. Yo no lo podía creer, ¡papá de novio! ¿Te lo imaginás? Bueno, la cosa pareció marchar por un tiempo, pero hace unos meses ella lo dejó, y ni yo le pregunté por qué, ni él me dijo. Y ahora anda mal otra vez. Entre que no tiene ni trabajo ni novia, se pasea por la casa como un fantasma y hay una mugre que ni te cuento. Los mellizos tampoco ayudan en nada, cada uno por su lado. Ninguno terminó la carrera todavía. Pero trabajan, apenas les da para mantenerse, pero trabajan. Los dos tienen novia, pero ninguno tiene hijos, por suerte. Así que vos seguís teniendo sólo un nieto, mi hijo.

Se levantó apoyando su mano en la tierra seca y de espaldas a la imagen de su madre habló otra vez. —Tuve un amante una vez. No duró mucho, sólo unos meses, pero lo extraño, lo extraño. Con él podía hablar, él me escuchaba, le podía contar cosas, tantas cosas.... Pero ahora no tengo a nadie otra vez. Sola, me siento muy sola. A veces la vida me pesa. ¿Te pesó a vos alguna vez la vida? ¿Sentiste alguna vez que ibas contra la corriente? ¿Que cuando vos subías otros bajaban y cuando vos finalmente aprendías a bajar los otros empezaban a subir? Porque así me siento yo.

Rotó y se acercó lentamente a la tumba otra vez. La miró por varios instantes, ahora en la sombra, el aire menos caliente, el sol perdiendo lentamente su intensidad.

—¿Por qué me echaste mamá? ¿Por qué no me ayudaste cuando más te precisaba? —preguntó, su voz temblorosa mantenida por el hilo de un gemido. Calló por un instante, buscando dentro de sí, eligiendo las palabras, las preguntas.

—¿Por qué fui tan orgullosa que nunca volví para mostrarte a tu nieto? ¿Por qué nunca viniste a verme? Tantos por qués y no me podés contestar ninguno. —Se inclinó y tocó levemente el mármol con la punta de sus dedos. Se arrodilló sobre la tierra, cruzó los brazos sobre la lápida cubierta por claveles en desorden, y ocultó su cara en ellos. Su respiración se hizo cada vez más regular, más monótona y calma, hasta que sin quererlo se durmió. Cuando despertó, confundida y aturdida, sombras cubrían los sepulcros. Se enderezó y miró otra vez el nombre inscrito en el mármol. Lo repitió varias veces, hasta que no le sonó real—. ¿Quién eras mamá? ¿Cómo eras de verdad? ¿Qué pensabas cuando nadie estaba cerca? —preguntó y tomó la rama de un clavel en sus manos—. Esta flor está tan muerta como vos. Tan muerta como vos. ¿Te das cuenta?, vos traías cosas muertas a casa, decorabas la casa con muerte. Y después de todo, ¿qué quedó de vos? Ojalá pudiera decirte que sólo tengo buenos recuerdos. ¡Cuánto quisiera decirte que sólo tengo buenos recuerdos! Pero tengo de todo, de todo. —Sin esforzarse para controlar las emociones que ya no podía controlar, comenzó a llorar, un llanto casi inaudible, un llanto que existía sólo entre ella y su madre.

—¿Qué va a ser de mí? —Preguntó sin que nadie le contestara—, ¿qué va a ser de mí? —repitió y se paró. Soltó el clavel que había mantenido en su mano y lo dejó caer junto a los otros. Recogió su cartera de paja y caminó lentamente por el sendero hasta llegar a los portones que el cuidador empujaba con esfuerzo y que se cerraron detrás de ella. La llave de hierro en la cerradura trancó el portón. Ahora del otro lado de la muerte y la soledad, secó sus mejillas con el dorso de su mano y prendió un cigarrillo. Se detuvo por un instante y miró hacia los jardines del cementerio a través de las rejas de hierro—. Adiós mamá —se despidió, y se fue.

LA GENTE ES BUENA, MARGARITA

Conrado nunca más manejó su auto. Desde la noche en la que Emilio, su único hijo, fue asesinado luego de recoger a dos desconocidos en un bar, Conrado desarrolló tal aversión hacia el vehículo que lo dejó estacionado en el garaje acumulando polvo y lo evitó a toda costa, como si ese objeto hubiera sido responsable por el fin del muchacho.

Conrado era un hombre tranquilo, pacífico decían algunos, el eterno optimista decían otros, uno de esos seres que parecen no agravarse por nada y que enfrentan cualquier percance con una sonrisa. Su mujer le decía, "Si tuvieras cola serías un perro, siempre listo a acercarte a la gente y esperar que te toquen la cabeza, que sean tus amigos. Sos demasiado confiado." Pero así era Conrado. Conrado creía en la bondad, en la rectitud, en la honestidad. Amaba su rutina y la paz que sentía al estar cerca de Nené, su mujer desde hacía treinta años, y su hijo. Todas las mañanas comía el desayuno que Nené le preparaba, recogía el portafolios de cuero que los empleados le habían regalado cuando cumplió veinticinco años con la firma especializada en otorgar hipotecas, se arreglaba el nudo de la corbata mirándose al espejo que colgaba en el hall de entrada y salía silbando una melodía u otra. Lluvia o sol, calor o frío, él siempre encontraba una razón para contentarse con el clima del día.

Emilio era su mayor orgullo y Conrado no se cansaba de decir, "Lo más importante en mi vida." A Nené le repetía, "Vas a ver, vos ya vas a ver, el muchacho va a llegar lejos. Además no hay otro con una pinta como él." Emilio había demostrado desde la niñez un gran talento para el arte, el dibujo en particular. Algo tímido y reservado, apenas sonreía y desviaba la mirada cuando Conrado lo alababa frente a otros. Contrariamente a Conrado, hombre no desagradable a la vista pero no particularmente atractivo, Emilio atraía miradas. "Tal vez deberías ser actor o modelo," le había sugerido Nené cuando notó la forma en que la gente lo miraba. Pero Emilio sonreía y se iba al altillo a dibujar. "El muchacho va a ser lo que él quiera. No necesita que nosotros le demos ideas. Además, por lo que veo," agregó guiñando un ojo a su mujer, "no va a tener problema en encontrar novia." Nené sonreía y no contestaba.

—Papá, si no te importa, esta noche me llevo el auto —le dijo una vez.

—Pero sí muchacho, —le contestó y agregó con una sonrisa pícara— pero sólo una muchacha por vez, ¿de acuerdo?

Emilio recogió las llaves de la canasta de cerámica que decoraba la consola sobre la que colgaba el espejo en el que Conrado se miraba todas las mañanas y salió. Conrado vio su imagen reflejada en ese espejo por última vez desde el sillón del living, desde donde le deseó que se divierta y aconsejó manejar con cuidado.

En algún momento de la madrugada, Conrado soñaba con el sonido intenso de un timbre y el aporreo de la puerta de entrada. La intensidad del golpeteo lo despertó y se percató de que alguien estaba llamando a la puerta. Nené dormía y roncaba suavemente, ajena al ruido.

Lo que sucedió en el correr de las próximas horas y días le pareció ser parte de una terrible pesadilla en la que se veía actuar pero de la que necesitaba escapar, un mal sueño sobre el que no tenía control y que olvidaría al despertar. Todo pasó tan lentamente que parecía ser mostrado en cámara lenta, y tan rápido que no podía recordar qué día u hora era. Todo era tan confuso que parecía ser visto a través de una cortina de humo, y tan claro que la nitidez lo encandilaba. El policía parecía ser un hombre joven, de la edad de Emilio, concluyó Conrado apenas abrió la puerta, y estaba acompañado por otro, mayor, con un gran bigote canoso. A partir de ese momento todo lo arrolló y ahogó, como si parado en la orilla de una playa tranquila una ola gigante hubiera aparecido repentinamente y cubierto, y él hubiera empezado a tragar agua, salada muy salada, y sus pulmones se hubieran llenado de golpe por algo inesperado, algo para lo que no estaba preparado. "Su hijo," el del bigote canoso dijo, "su hijo, asesinado." Esas eran las palabras que podía recordar, pero hubo otras, muchas otras. Nené había finalmente despertado y lloraba, el salto de cama de algodón semiabierto permitiendo ver su camisón floreado, flores rosadas y celestes. ¿Cómo es que nunca había notado que el camisón de Nené era estampado? Ahora las flores resaltaban y no podía mover la vista de ellas. Pero Emilio va a volver, se decía, debe estar por llegar, él siempre manejó bien, ya va a volver. No fue un accidente, las voces, los ecos repetían, un asesinato, en el auto. Parece que su hijo salió del bar con dos hombres. ¿Su hijo frecuentaba ese tipo de local?, las voces extrañas preguntaban desde lejos. ¿Local? ¿De qué local le estaban hablando? Reconocer el cadáver, eso ordenaban las voces, pero, ¿qué cadáver? preguntaba Conrado, ¿acaso hubo un muerto? ¿Qué tenía él que ver con todo eso? Y Nené subió las escaleras y la vio reaparecer vestida en su pollera de lana negra y una blusa blanca, tapándose la cara con un pañuelo. ¿A dónde iba Nené a estas horas de la madrugada? A la policía, a la morgue. "Uno de los dos tiene que ir a la morgue a reconocer el cadáver de Emilio," dijo Nené mirándolo a los ojos, sosteniendo el pañuelo. En ese momento entendió.

Nené se encargó de todo. Ella hizo los arreglos para el velorio, el entierro, el aviso fúnebre, eligió el ataúd. Conrado la seguía por la casa, si ella le decía "Vamos," él iba, si ella hablaba por teléfono y recibía visitas él permanecía sentado en el sillón del living, sin moverse. Si alguien se acercaba a ofrecerle condolencias él las aceptaba sin hablar, miraba a la gente sin saber quién le había tomado su mano y la estrechaba. Debía hacer un enorme esfuerzo hasta para respirar, su garganta parecía estar llena de algodones que no le permitían emitir sonidos, estaba paralizado.

Un detective había sido asignado al caso y les hacía preguntas, una tras otra, un bombardeo de preguntas que Conrado no sabía contestar. "¿Salía a menudo?" "¿Con qué tipo de amigos?" Sí, claro que tenía amigos, muchos amigos, pensaba Conrado, aunque él no había visto ninguno en mucho tiempo. "¿Usted sabía de las preferencias de su hijo?" ¿De qué le estaba hablando ese hombre? Conrado miró de reojo a Nené que parecía ser la única capaz de contestar todas las preguntas, la vio bajar la mirada y asentir. Conrado no pudo decir nada. ¿Qué podía decir?, se repetía, él no tenía respuestas a nada.

El detective venía a menudo, decía que tenía buenas pistas y que la policía había acumulado suficiente información como para poder encontrar a los culpables, que era cuestión de días. "Pena de muerte," pedía Nené. "Yo quiero que sean condenados a muerte," le rogaba al detective cada vez que lo veía, y él le explicaba una y otra vez que se haría justicia, que la muerte de su hijo sería reivindicada, que no estaba en él decidir la condena, pero que los culpables serían castigados. Y ella lloraba. Conrado miraba esa escena que se repetía con una exactitud que él podía predecir, pero él no pedía nada, él pensaba. Nené le reprochaba su silencio, "Te portás como si no te importara nada. ¿Cómo es que no decís nada? ¿Cómo es posible que no llores, que no te enojes, nada?" Era cierto, se percató un día, no he llorado.

Una mañana Conrado quedó solo en la casa, Nené había ido al cementerio y las visitas habían disminuido hasta prácticamente desaparecer. Caminaba de un cuarto al otro, se sentaba, se paraba, deambulaba. Miraba por una ventana sin ver lo que había enfrente suyo, abría y cerraba cajones sin poner ni sacar nada. Finalmente subió al altillo donde Emilio iba a menudo, a pintar, decía. Conrado nunca iba al altillo. Sabía que si subía la escalera en caracol de hierro que podía alcanzar desde el balcón del dormitorio de Emilio llegaba a ese cuarto polvoriento en el que había estado por última vez años atrás cuando Nené le pidió ayuda para mover muebles viejos que pensaba donar. Con cuidado subió los escalones angostos sosteniéndose con fuerza de la baranda. Abrió la portezuela blanca con áreas descascaradas que dejaban ver metal herrumbrado por debajo y entró cerrándola con cuidado. Aunque no se había dicho qué estaba buscando, aunque su mente no había creado la imagen de lo que estaba por hacer, una vez dentro de ese ambiente de techo bajo inclinado, supo exactamente a qué había venido. Fue directamente hacia una valija de cuero marrón, atada con una soga que le pinchó las manos al tratar de desatar el nudo mal hecho. De reojo, y en dirección opuesta a la valija, vio el caballete con una pintura sin terminar, botellas de vidrio llenas de pinceles, y el estuche de la trompeta que Emilio sólo tocaba en la soledad de ese cuarto caluroso en verano y frío en invierno. Conrado nunca había visto sus pinturas. Tampoco sabía cómo sonaba esa trompeta.

    Concentró su atención en el nudo que pudo deshacer sin mayor dificultad y levantó la tapa blanda, el cuero resquebrajado, agrietado. Con un temblor apenas perceptible en sus manos, las introdujo entre ropas viejas y olvidadas, buscando, el tacto reconociendo la tersura de una blusa de seda que resbaló bajo sus dedos que se movían con urgencia, la aspereza de un buzo de lana, las irregularidades de una hebilla de cuero repujado, hasta que la palma de su mano se cerró sobre las curvaturas, el cilindro protruyente, el orificio por donde salía muerte. Extrajo la pistola de entre los objetos en desorden, entreverados, y la contempló. La levantó hasta que quedó a la par con su vista, la acercó tanto que los bordes del arma le parecieron borrosos, el olor del metal gélido penetrando junto con el aire, el acero brilloso, atractivo, una belleza casi sensual que lo mesmerizó por un instante. Súbitamente consciente de lo que necesitaba, colocó el arma sobre el piso de madera polvoriento y se paró. Dio varios pasos hasta que llegó a una lata decorada con el retrato de una niña que sonreía, su cara redonda, las mejillas coloradas y los rizos rubios, quien sostenía una galletita con forma de estrella que parecía estar a punto de morder. Introdujo la punta de una tijera herrumbrada que había sido olvidada sobre la caja, entre la tapa y el receptáculo y la abrió fácilmente. Hundió su mano hasta el fondo de la lata que sólo contenía las balas que él buscaba. Las sacó protegidas en su puño cerrado y de a una las introdujo en el tambor del arma.

Metió el revólver cargado en el bolsillo de su saco de lana gastado y lo sostuvo apretado en su mano mientras bajaba la escalera en caracol. Se sentó en un sillón del living a esperar la noche. Permaneció en la misma posición por horas, la mirada perdida, los brazos relajados sobre los posabrazos, indiferente a la sensación de hambre, la luminosidad que entraba por las ventanas que iba lentamente desapareciendo, el bullicio de la calle. Nené volvió al atardecer y se sorprendió al ver esa figura inmóvil en la penumbra.

—¿Qué estás haciendo sentado en esta oscuridad? —le preguntó mientras encendía varias lámparas, la intensidad de las cuales obligó a Conrado a entrecerrar los ojos.

—Nada, nada —contestó sin moverse.

—Vení conmigo a la cocina así te cuento del viaje al cementerio mientras cocino. No sé por qué no querés acompañarme, te haría bien visitar a tu hijo y sentir su presencia.

—No voy a comer en casa —le dijo ignorando sus comentarios.

—¿A dónde pensás ir?

—Tengo que salir —le contestó y se levantó con dificultad del sillón, las piernas entumecidas. Caminó hasta la puerta, pasando al lado de su mujer sin mirarla. Salió dejando la puerta abierta y caminó lentamente a lo largo del camino de piedras.

—Por lo menos podías haber cerrado la puerta —dijo Nené irritada para sus adentros, y cerró la puerta de un golpe.

Conrado deambuló por las calles por varias horas, la mirada baja, la mano derecha escondida en el bolsillo, apretando su secreto. Cuando las calles quedaron vacías y los vagabundos comenzaron a acurrucarse entre sus despojos, cuando algún auto que parecía haberse perdido por esos lugares pasaba a gran velocidad y salpicaba la vereda con el agua sucia acumulada contra el cordón y sólo sus pasos eran audibles, decidió que era hora de dirigirse a donde se había propuesto llegar para terminar lo que otros habían empezado. Apresuró el paso y comenzó a mirar con atención los vehículos que se aproximaban en búsqueda de un taxi. Varios minutos después le dio la dirección del bar donde Emilio había estado la última noche de su vida al conductor que lo miró en forma sospechosa pero que prefirió mantenerse callado y manejar a donde ese hombre maduro con expresión acongojada le había pedido. Pagó y se bajó del taxi que aceleró y desapareció sin preguntarle a Conrado si quería que lo esperase. Conrado pudo identificar el lugar fácilmente; el detective había mencionado ese nombre varias veces, sin percatarse que Conrado había registrado todos esos detalles cuando parecía no escuchar nada. Se acercó al local y entró, mirando rápidamente a su alrededor. Sus sentidos, instantáneamente agudizados, escudriñaron el lugar, observando, escuchando, sintiendo las presencias que no lo habían notado. Se acercó al mostrador y pidió una cerveza. Llevó el vaso hasta sus labios sin tomar nada. Permaneció callado, tratando de encontrar un indicio, alguna señal que lo condujera en la dirección necesaria para cumplir la misión que se había asignado. Pero nada de lo que veía o escuchaba lo llevaba ni remotamente cerca a encontrar a los asesinos de su hijo. Hombres entraban y salían, solos, en pareja, en silencio y a las risas, ebrios y sobrios, pero ninguno le daba una pista, una indicación de ser quien él buscaba.

Bien entrada la madrugada, cuando los últimos clientes se levantaron de sus mesas y el barman limpiaba las últimas copas, dos hombres entraron al bar. Conrado los miró de reojo y se sintió anormalmente frágil, momentáneamente acobardado por la actitud amenazante de esos hombres. Conrado vio el odio y desprecio en sus miradas, las sonrisas burlonas mostrando el conocimiento de su poder y del efecto que causaban en los que consideraban distintos, inferiores. Sin embargo, ninguno de los presentes pareció notarlos y siguieron levantándose de las mesas, limpiando las copas y el mostrador, como si él hubiera sido el único que los sintió e intuyó, el único que fue afectado por su presencia, el único que tuvo una visión. Los hombres se sentaron a una mesa sin pedir nada, las piernas largas en jeans rotos, metidas en botas con espuelas que brillaban, estiradas y cruzadas a través de los espacios angostos que separaban las mesas y que obligaron a los que quisieron pasar a tomar otro camino. Poco tiempo después y sin decirse nada, habiendo intuido que no iban a encontrar ahí lo que buscaban, se levantaron y cerrando sus camperas de cuero mientras las cadenas que colgaban de sus caderas se movían con el ritmo de su paso, salieron del bar. Conrado se bajó de su banqueta, dejó la botella de cerveza sin tomar y una propina generosa sobre el bar, y salió detrás de ellos.

Conrado caminó varios pasos tratando de mantener una distancia prudencial y al mismo tiempo tenerlos lo suficientemente cerca como para poder escucharlos. Parcialmente oculto detrás de unos arbustos, Conrado los podía ver con claridad. Los hombres estaban parados al lado de un auto destartalado, el chasis herrumbrado, chocado. Discutían a dónde ir, nombrando lugares de los que Conrado nunca había oído hablar, no decían nada que a Conrado le pareciera ni remotamente útil. Conrado estaba por darse por vencido, el cansancio de un día intenso y la falta de alimento finalmente alcanzándolo, cuando la mención de un nombre lo sacó súbitamente de su distracción y forzó a concentrar en la conversación de los hombres.

—Vení Emilio, lindo Emilito —dijo uno con expresión burlona, provocando la risa del otro.

—Ay, qué precioso Emilito, a ver ese lindo culito —siguió el otro acercándose al primero y caminando en forma provocativa.

—¿Me la vas a chupar Emilito? Vení corazón —siguió el primero.

—Marica de mierda, ni muerto servís para nada —dijo el segundo y escupió, la saliva pegajosa cayendo sobre la goma del auto.

Conrado podía sentir su corazón latiendo, su cansancio y hambre desaparecidos. Se inclinó y sacó el revólver del bolsillo, el acero caliente, su mano húmeda por el sudor, temblorosa, esforzándose para estabilizarla, para disparar sólo dos tiros, uno para cada uno de los que mataron a su hijo, su Emilio. Sostuvo su brazo con la otra mano y colocó el dedo sobre el gatillo. Apuntó. Pero el dedo no reaccionó. El brazo, la mano, permanecieron inmóviles, atrapados en un instante que no pasó, el tiempo repentinamente sostenido, los segundos más largos y más cortos de su vida. El tiempo había parado, él era una imagen en una fotografía, un hombre destrozado por el dolor, escondido detrás de un arbusto, sosteniendo un revólver, apuntando a una imagen que iba cambiando, modificándose, desapareciendo. Los hombres entraron al auto, arrancaron y desaparecieron a gran velocidad, las gomas frotando sobre la tierra que pareció gritar. Conrado bajó su brazo, dejando que el arma cayera al suelo. Hincado miró al cielo cubierto de nubes y entre sollozos las palabras fueron emitidas sin que las hubiera pensado. "No puedo matar," dijo en voz baja, y lo repitió otra vez, "No puedo matar," y otra y otra vez, cada vez con más dolor, más desesperación, más vergüenza, hasta que gritó "¡No puedo matar!," su voz ronca, atorándose en sus lágrimas, su dolor, su repentino conocimiento que no podría vengar la muerte de su hijo. Levantó los brazos al cielo, y siguió repitiendo, "No puedo matar, no puedo matar." Finalmente, agotado, se secó la cara mojada por las lágrimas con la manga de su saco, recogió el arma que parecía descansar en calma al lado de su pierna, la metió otra vez en el bolsillo y se paró. Lentamente fue caminando hasta su casa, sin importarle cuántas horas le demoraría volver.

—¿Dónde estuviste toda la noche? Estaba preocupada. Mirá, hasta estaba por llamar a la policía. ¿Qué te pasó? —Nené se sorprendió al verlo llegar y entrar por la puerta de la cocina, desprolijo, la cabeza baja, los zapatos cubiertos de barro. Había amanecido y el sol se metía entre las cortinas entreabiertas de la cocina iluminando el pote de café que Nené había preparado y colocado sobre el mantel a cuadros que cubría la mesa de la cocina. Conrado pasó a su lado sin contestar.

—¡Conrado! ¡Te estoy hablando!
—Nada, no pasó nada —le contestó en voz baja, sin mirarla.
—¿No querés que llame al médico? Se te ve horrible.
—No, no necesito nada. Ya va a pasar.
—¿Qué va a pasar?

Pero Conrado no le contestó. Subió al altillo y guardó el arma donde la había encontrado, en el fondo de una valija vieja. Fue hacia el dormitorio, cerró las persianas, y se acostó sobre la colcha con la ropa puesta. Cuando despertó había oscurecido y la casa estaba en total silencio.

Los días y semanas fueron pasando y cambios nunca antes concebidos fueron ocurriendo casi imperceptiblemente. Nené nunca estaba en casa. Desde que el detective les había informado que estaban rastreando a los presuntos culpables y estaba convencido de que serían aprehendidos en un futuro próximo, ella había adquirido un nivel de energías y un entusiasmo del que Conrado nunca la había creído capaz. Nené se iba de la casa temprano en la mañana y no volvía hasta la noche. Trabajaba sin cesar junto con familiares de víctimas de crímenes similares al de Emilio. Nené organizaba reuniones, hablaba con políticos, una vez hasta apareció en televisión. Nené gritando y confrontando a aquellos que decían que Emilio era más culpable que los culpables, que él había encontrado lo que buscaba, que los que lo mataron estaban justificados en su crimen. "¿Emilio culpable?" Se preguntaba Conrado. "¿Los asesinos, inocentes?" "No entiendo," se decía Conrado, "yo no entiendo."

Una mañana, en lugar de quedarse en la cama y luego deambular por la casa en pijama todo el día, a veces sin siquiera bañarse, Conrado se puso su traje gris, una camisa blanca, recogió el portafolios que no abría desde el día que murió Emilio, y salió de su casa rumbo a la oficina. Se acercó al auto, la llave en la mano, pero fue invadido por un temblor y un malestar que le impidieron entrar y manejar el vehículo. La súbita imagen de su hijo siendo asesinado en él le resultó tan repulsiva que prefirió evitarlo y caminar hasta la parada de ómnibus. Conrado seguía esa rutina a diario, caminaba dos cuadras hasta la parada, viajaba en ómnibus hasta el centro, volvía por las tardes, preparaba su cena, jugaba un partido de solitario, leía alguna novela inconsecuente y se iba a dormir. Ni leía el diario ni miraba televisión. Si quería saber noticias, Nené lo ponía al tanto cuando la veía, a veces, por las mañanas, los fines de semana.

Una mañana, tal vez porque estaba inusualmente soleado, tal vez porque la brisa era tan tibia, tal vez simplemente porque sí, Conrado decidió caminar hasta la oficina atravesando el parque al lado del cual el ómnibus seguía su ruta varias veces al día. Se adentró siguiendo un camino de asfalto bordeado de arbustos que emanaban un perfume que él inhaló con gusto. Vio madres empujando cochecitos, algún joven jogging, empleadas paseando perros de raza. Cuando llegó al borde del lago se sentó sobre un banco que claramente necesitaba nuevos listones de madera y dejó que su mirada se perdiera en todas direcciones, sin importarle que llegaría tarde a la oficina. Esa imagen que tenía frente a sí le resultó vagamente conocida. Aunque había venido al parque en el pasado, sobre todo cuando Emilio era pequeño, no recordaba haberse sentado en ese lugar. Sin embargo algo en ella le hacía sentir que la había visto antes, como si hubiera vuelto a un lugar conocido. "Los colores," se decía, "¿dónde vi yo esos colores?" Fue recién en la tarde, cuando estaba firmando unos documentos, que recordó la pintura que había visto de reojo en el altillo, mientras buscaba el arma que nunca usó. Sonrió para sí, deseando que el día de trabajo terminara lo antes posible para poder observar, estudiar y memorizar la acuarela que no creía haber notado antes.

Subió al altillo, apenas iluminado por la luz que entraba por una rendija. De inmediato, a pesar de la penumbra, reconoció la pintura que yacía sobre el caballete. La levantó con cuidado y acercó hasta la puerta para poder así distinguir los detalles y colores con más claridad. La imagen era una representación exacta de lo que él había visto esa mañana, la misma luz, las mismas sombras, las mismas ondas casi imperceptibles sobre el lago. Conrado sonrió, tristeza, alegría, nostalgia, confluyendo dentro de sí. Se esforzó para controlar las lágrimas que se estaban formando y nublando su vista y tragó con fuerzas. "¿Qué más hay acá?," se preguntó mientras colocaba la pintura en su lugar y levantaba de a una todas las que cubrían una mesa de madera de pino de la que no se veía la superficie. Paisajes de lugares que él recordaba se sucedían, uno tras otro, el fondo de la casa, la calle por la que Emilio había caminado todos los días, hasta la cocina donde él se sentaba a comer todas las noches. Su mano extendida acarició tímidamente esas superficies que habían sido tocadas por el pincel que había sostenido Emilio, y les sonrió. Al seguir levantando cartulinas, se encontró con otras, caras, cuerpos, mirándolo, reconociéndolo. Súbitamente repugnado por ellas, y avergonzado de su reacción, las acomodó con cuidado y volvió a colocar debajo de las otras, haciéndolas desaparecer. Miró a su alrededor, apenas rotando su cuerpo, y vio el estuche de la trompeta que le había regalado a Emilio cuando empezó el liceo. Limpió con la palma de la mano el polvo que se había acumulado sobre la superficie negra y lo abrió. La trompeta, colocada entre el terciopelo rojizo, brillaba. "¿Qué me trajiste, papá?," le había preguntado Emilio, asombrado cuando le entregó el regalo. Conrado lo había encontrado una tarde escuchando uno de sus discos de jazz, y tal había sido su entusiasmo al creer que a su hijo le gustaba la misma música que él amaba, que sin consultarlo, al otro día, volvió a la casa con una trompeta. Emilio había fingido interés, y se llevó la trompeta al altillo, donde pasaba horas. Ahora Conrado acariciaba ese instrumento que fue tocado por los labios y las manos de su hijo. La levantó y puso contra su boca, colocó las manos en posición, y tocó algunas notas, produciendo sin querer una melodía simple que había aprendido en su niñez. "¡Qué horrible!," se dijo y rió al notar cómo había desafinado. Desde ese día y todas las tardes después del trabajo, Conrado subía al altillo y mirando el paisaje del parque que mantenía sobre el caballete, practicaba la trompeta.

A veces, Conrado volvía caminando del trabajo a través del

parque, se sentaba sobre el banco y contemplaba el lago, los árboles, los arbustos. Una tarde, entrecerró los ojos, y fue súbitamente sobresaltado por algo húmedo que le tocaba y empujaba una mano. Abrió los ojos y vio sentado frente a él un enorme perro, la piel dorada como el color de la trompeta, que lo miraba tratando de decirle algo que él no era capaz de entender. "¡Qué lindo bicho sos!," le dijo acariciándole la cabeza, para el deleite del animal. Cuando Conrado comenzó a caminar rumbo a su casa, el perro lo siguió, y él no hizo nada para evitarlo.

—¿Para qué trajiste un perro? —le preguntó Nené al verlo entrar seguido por el can que movía su larga cola de pelo lacio, que chocaba contra los muebles como un plumero.

—¿Cómo es que llegaste tan temprano?

—¿Para qué trajiste un perro? —insistió su mujer sin contestarle su pregunta.

—Me encontró en el parque. Y no es un perro, es una perra, y se llama Margarita.

—¿Quién se va a encargar de ella?

—Ya nos vamos arreglar. Mirá qué linda es, parece que habla cuando te mira.

—Dejaron a los asesinos sueltos —le dijo con un tono sombrío—. Dicen que no tenían suficiente evidencia. ¿Te das cuenta Conrado? ¿Te das cuenta? Esta semana voy a hablar con el Gobernador. Si se piensan que yo me voy a quedar quieta sin que se haga justicia están equivocados, muy equivocados —siguió hablando, la mandíbula tensa, llena de furia. Tiró con fuerzas el repasador contra el suelo y salió de la cocina. Conrado la escuchó sin decir nada. Quedó inmóvil por varios instantes, mirando el espacio vacío que había dejado Nené. El hocico de la perra metiéndose entre su brazo y su cuerpo lo sacó de su estupor—. ¿Querés comer algo, Margarita? —La perra le ladró y ofreció una pata, un saludo que Conrado aceptó.

—Vení, —invitó una tarde a su perra— vamos al lago. Y ¿sabés lo qué? —siguió mientras el animal bailoteaba alborotado al ver que él le hablaba y trataba de colocarle la correa—, hoy vamos a llevar la trompeta y tocar bajito, bajito. Seguro que a esta hora no hay mucha gente y tengo ganas de hacer música frente al lago.

Cuando llegaron al lugar habitual Conrado sacó el instrumento del estuche, miró a su alrededor cerciorándose de que estaban solos, y absorbiendo el paisaje, incorporándolo con todos sus sentidos, comenzó a tocar una melodía, y otra, y otra, ahora indiferente a algunos que pasaban frente a él y se detenían por un instante para escucharlo. Estaba tocando la melodía que había escuchado Emilio aquella tarde en la que él creyó que su hijo amaba el jazz, cuando el golpe de una moneda contra el terciopelo del estuche abierto lo distrajo por un momento. Miró al transeúnte tímidamente y le agradeció con una sonrisa. Siguió con entusiasmo y otra moneda cayó, y luego otra. La gente le sonreía por un instante y seguía su camino. Conrado dejó de tocar y miró a su perra, que de inmediato se levantó y empujó el brazo con el hocico.

—¿Te das cuenta Margarita? ¡A la gente le gusta como toco! ¡Hasta me sonríen y todo! ¿Qué querés que te diga? Después de todo, la gente es buena.... La gente es buena, Margarita.

UNA MAÑANA EN LA COCINA

Nunca había visto llorar a mi madre. Ni siquiera cuando me dijo que mi padre había caído muerto sobre la vereda a dos cuadras de casa mientras esperaba el ómnibus que como todos los días lo llevaría al centro, a la oficina, vi sus lágrimas u oí su llanto. Por tal razón, me sorprendí y asusté cuando temprano en una mañana oscura y húmeda de invierno los sollozos y luego el llanto llenaron todos los espacios de nuestra modesta casa. No eran sonidos a los que estaba acostumbrada. Excepto por mi llanto, que siempre había mantenido en secreto, nunca nadie había llorado en casa. A través de la pared que separaba mi dormitorio de la cocina y mientras descolgaba de la percha el tapado negro de paño con una mano y tomaba el mango de la cartera azul con la otra, había oído el golpe, el crujido de los huevos contra el piso de baldosas, seguido de inmediato por el grito de mi madre. Solté el tapado y la cartera que cayeron sobre mi cama sin hacer y corrí hacia ella, unos pocos pasos separándonos. Mi madre estaba parada junto a la heladera, la puerta abierta permitiendo ver las sobras del estofado de la noche anterior, una botella de leche a medio tomar, rodajas de fiambre cubiertas por una hoja de plástico. Envuelta en su salto de cama de franela marrón desteñido, apenas cerrado por un nudo mal hecho, se cubría la cara con sus manos que cada tanto removía y contemplaba las yemas chatas, las claras transparentes, las cáscaras multiformes de bordes irregulares.

—¡Ay, los huevos, los huevos! —repetía, su voz entrecortada.

—Yo te ayudo a limpiar —ofrecí de mala gana mientras sacaba dos trapos deshilachados del cajón del aparador y me agachaba a sus pies a tratar de absorber el líquido pegajoso y escurridizo. Necesitaba terminar con esa tarea inesperada lo antes posible. Si perdía el ómnibus de las 7:15 no pasaba otro hasta las 7:35 y una vez más llegaría tarde al negocio.

—Mamá, son sólo unos huevos, no es para tanto —traté de consolarla mientras apretaba los trapos contra el piso. Pero ella no parecía escucharme. Cerré la puerta de la heladera, recogí las cáscaras quebradas y las tiré al tacho. Ella no había cambiado de posición, la cabeza baja, el llanto continuo. La tomé del brazo, la punta de mis dedos apenas rozando su codo, y la llevé hasta una de las tres sillas que rodeaban la mesa de fórmica blanca. Coloqué mi mano sobre su hombro y lo empujé levemente. Ella se sentó sin dejar de sollozar, apretando el pañuelo contra sus ojos. La contemplé por unos instantes y miré mi reloj de reojo, mi mirada yendo de su rostro a la cara de mi reloj y de las agujas que se movían más rápido de lo que yo recordaba a su expresión que no cambiaba.

—¿Querés algo, mamá? —le pregunté, pero no me contestó. Me acerqué a la pileta, llené la caldera con agua y le preparé un café.

—Vos no entendés —me dijo varios minutos después, cuando me había sentado a su lado y la observaba en silencio, las dos tazas de café enfriándose. El borde de la silla se incrustaba en mis muslos, el borde de la mesa en mis brazos. Hacía frío en esa cocina, los vidrios, las paredes, el aire, todo era frío y el aire húmedo me envolvía y parecía incrustarse en mis huesos como una nube repleta de agujas finas, puntiagudas—. Vos no entendés —repitió. Pero yo tenía que irme, era tarde, ya había perdido dos ómnibus, no podía seguir sentada a su lado mirándola llorar, esperando por una explicación.

—Mamá, no te preocupes, ya limpié todo, y si no comemos huevos esta semana no importa, no es gran cosa. El piso no quedó tan perfecto como cuando lo limpiás vos, —le dije y sonreí, tratando de levantarle el ánimo —pero quedó bastante bien, ¿ves?

—Sí, sí, tenés razón —contestó y se refregó los ojos con la manga del salto de cama—.¡Qué idiota, llorar por un par de huevos! —me miró esbozando una sonrisa, tomó mis manos en las suyas por un instante y las soltó de inmediato. Tenía las manos ásperas, las uñas comidas. Pensé que yo no quería tener manos así.

—Ahora me voy —le dije y me paré. Fui hasta el dormitorio a buscar mi tapado y desde allí escuché su llanto otra vez.

—Es una mala señal —la escuché decir—. No salgas hoy Nieves, quedate en casa conmigo.

—Pero mamá, —le dije acercándome otra vez, sosteniendo el tapado— tengo que abrir la tienda y si me sigo demorando el ómnibus ni va a parar de lleno que va a estar, y ¿qué hago si no puedo abrir hasta las diez o más?

—No vayas —repitió, con más urgencia en su voz, y extendió sus brazos buscando mis manos, a las que apretó si dejar que yo pudiera escapar de ellas.

—¿Qué te pasa, mamá? ¿Por qué estás así?

—Vos no te acordás, ¿no?

—¿De qué no me acuerdo?

—De lo que pasó la única otra vez que rompí huevos. —Sus ojos buscaron los míos, su entrecejo fruncido, implorando.

—No sé de lo qué me estás hablando, yo nunca te vi romper huevos. —Su insistencia en ese tema me resultaba incomprensible.

—Una vez los rompí —dijo a modo de confesión, mordiéndose el labio inferior raspado con sus dientes prominentes, la cara humedecida por las lágrimas y la nariz chorreando un líquido transparente que imaginé salado.

Miré el reloj otra vez. Casi las 8. Aunque lograra salir antes de las 8:15 ya no llegaría a tiempo a abrir el negocio y don Anselmo me gritaría, me diría que soy una irresponsable, acusaría de haber perdido el tiempo con algún muchacho y descontaría de mi mísero sueldo cada minuto que no estuve en la tienda cortando telas y vendiendo botones. Y encima de todo me recordaría que debería de estarle agradecida que no me echó.

—Mamá, se me está haciendo tarde, de veras, me tengo que ir. ¿Y vos no vas a trabajar hoy?
—No, y vos tampoco. Nos vamos a quedar las dos en casa.
—Mamá, ¿qué te dio?
—Si falto un día no pasa nada. Total, en esa casa es limpiar sobre limpio, ni se van a dar cuenta de que no estuve. Hoy ni vos ni yo vamos a ir a ningún lado —dijo con certeza, sin haber soltado mis manos.
—¡Ay mamá, no sé qué te dio! ¡No sé qué hacer contigo!
—Me estaba enojando con ella, con su insistencia sobre un tema absurdo. Sus lágrimas, su temor, me molestaban, no me gustaba verla llorar. Solté mis manos de entre las suyas y me paré, pero al tratar de alejarme me tomó del brazo, apretó con fuerza y obligó a sentar. La fuerza de mi cuerpo cayendo sobre el asiento movió la silla.
—Creo que voy a llamar a un médico. Todo esto es una locura que no tiene ni pies ni cabeza. —Solté su mano que se mantenía apretada alrededor de mi brazo y me paré. Fui hasta la pileta y desde la ventana que la bordeaba vi pasar a los peatones que se acomodaban las bufandas y metían las manos en los bolsillos, las cabezas bajas tratando de evitar el viento. Yo ya había perdido otro ómnibus.
—Sentate Nieves. Por favor, sentate —me pidió, su voz un poco más calmada. Me di vuelta y la vi, no me estaba mirando, tenía las manos cruzadas sobre la mesa y el pañuelo apretado entre ellas. Me senté y la miré, sus ojos rojos hinchados, el rostro humedecido por las lágrimas.

—¿De verdad no te acordás de nada?

—No mamá. No me acuerdo de nada y no sé de qué me estás hablando. —Ella suspiró y tragó algo, lágrimas supuse. Bajó la cabeza despeinada, me miró de reojo por un instante y volvió la mirada a la mesa, a algún punto fijo del que sus ojos no se movieron.

—Pensé que todavía te acordarías de aquella mañana, cuando tu padre estaba apurado y yo trataba de prepararle el desayuno rápido y él repetía "No sé por qué se me hizo tan tarde, es tan tarde". Y yo trataba de hacer un montón de cosas al mismo tiempo, preparaba el café, cortaba el pan, calentaba la sartén. Todo parecía ir en cámara lenta y cuanto más me apuraba más atrasada parecía estar y más nervioso se ponía él. "Dejá los huevos", me dijo, "no tengo tiempo de todas maneras". Pero yo no quería que se fuera sin comer, y en el apuro, al sacarlos de la heladera, se me cayeron todos al piso. Me dio tanta rabia que se me rompieran todos los huevos que dije un montón de palabrotas y me agaché a limpiar el piso. Y cuando me levanté para servirle el pan y el café que tenía preparados sobre el mármol él ya se había ido. Mientras yo limpiaba él había agarrado el saco y el portafolio y había salido, seguro que corriendo para no perder el ómnibus.

—No mamá, yo no me acuerdo de eso porque yo no estaba en casa esa mañana. ¿No te acordás que yo me iba al colegio más temprano que papá? Yo nunca lo veía de mañana.

Ella no pareció escucharme y empezó a llorar otra vez, despacio, casi en silencio, un llanto calmado, rítmico. —¿Por qué me contás todo esto ahora?

—Fue todo mi culpa. ¿No te das cuenta? Todo por torpe y atropellada, como siempre, una torpe.

—¿Lo qué fue tu culpa?

—Tu padre se enojó conmigo y mientras se ponía el saco —me dijo con la voz entrecortada—. Lo oí decir que yo nunca podía hacer nada bien y que era una inútil, y el resto no lo pude oír porque ya se había ido, pero me lo imaginé. Y mientras tiraba el café a la pileta y lavaba la taza, le grité. Le dije "Ya vas a ver, algún día te vas a dar cuenta de que no hago todo mal, ya vas a ver, quisiera verte arreglándotelas sin mí". Pero él no me oyó, por suerte.

Dejé que llorase sin interrumpirla, le pasé un brazo sobre sus hombros y le di un pequeño sacudón, acercándola a mí. Ella no soltó sus manos del pañuelo y mantuvo la cabeza baja.

—¿No te acordás del resto?

—No mamá, no me acuerdo. Nunca me contaste esta historia.

—Poco después, cuando apenas había terminado de limpiar la cocina y el baño y me iba a sentar a mirar un poco de tele me llamaron del hospital. Salí corriendo, hasta llamé un taxi, pero no llegué a tiempo, se había muerto antes de que llegara la ambulancia me dijeron... Estaba muerto... Y todo fue porque se fue enojado conmigo.

Sabía que papá había muerto una mañana, pero mi madre nunca me había contado los detalles y yo no le había preguntado. Sentí que los ojos se me estaban llenando de lágrimas y me los sequé con la servilleta que había quedado escondida bajo mi brazo.

—No tenés que llorar por eso. Ya pasó. Vos sabés que no tenías culpa de nada, los médicos dijeron que tenía el corazón mal desde hacía tiempo. Se murió porque..... yo qué sé por qué. Le tocó, no sé. Pero no fue tu culpa, —traté de consolarla y hacerla entender lo que parecía obvio para mí, pero que no era para ella— papá tenía el corazón enfermo hacía tiempo —repetí con esperanzas de convencerla y hacerla entender la lógica, si es que había alguna lógica.

—No, tenés razón, —me dijo y yo creí que habíamos llegado al final de la conversación— no fue que no pudo comer los huevos, o que se fue sin tomar el desayuno, fue peor que eso. —Apenas pudo decir las últimas palabras porque irrumpió en un llanto intenso, espasmódico, de alto volumen. La acerqué hacia mí y la abracé, apoyando su cabeza sobre mi pecho, su pelo áspero que olía a fijador raspando mi mejilla.

—Mamá, —le dije alejándola de mí y mirando su cara hinchada— todo eso pasó hace ya muchos años, yo nunca te culpé de nada, si eso es lo que te tiene tan mal, y estoy segura de que papá, que en paz descanse, desde donde sea que esté no te culpa tampoco.

—¿No te das cuenta Nieves? Romper los huevos es una señal, una mala señal. Yo nunca había roto huevos antes, y mirá lo qué pasó, y ahora....ahora... —dijo con la voz entrecortada—. ¿Y si a vos te pasa algo? —siguió sin que pudiera contestarle— ¿Si te dejo ir y te atropella un auto, o caés bajo las ruedas del ómnibus, o alguna otra cosa horrible?

No le contesté enseguida, no sabía qué contestar. Su insistencia, su llanto, su actitud tan inusual y para mí desconocida, me desconcertaron. La observé por algunos instantes, llorando desconsoladamente. Busqué palabras que pudieran calmarla, convencerla de lo ilógico de su razonamiento.

—Mamá, —lo intenté otra vez— yo sólo tengo que ir a trabajar. Lo de los huevos no significa nada, nadie puede creer en semejante cosa, es una tontería.

—Pero yo tuve la culpa —insistió.

—No mamá, no.

—Sí, sí, fue toda mi culpa.

—Mamá, ¿cómo es posible que no te pueda hacer entrar en razones? ¿Querés que llame al médico? Todo esto es una estupidez —le dije ahora enojada, ya no tenía paciencia.

—Tu padre tenía que tomar el remedio con el desayuno y no lo tomó porque se fue apurado y sin comer —dijo entre sollozos, limpiándose la nariz con el pañuelo mojado.

Yo no sabía que mi padre tomaba medicación, pero, ¿qué

sabe una adolescente de esas cosas? Seguro que aunque lo hubiera visto tomando una pastilla me hubiera olvidado. ¿Y si realmente papá se murió porque ella no le dio el remedio?, me pregunté y la observé sin atreverme a tocarla. ¿Qué le puedo decir, que es una atolondrada? Sin saberlo tal vez cambié mi expresión, los ojos, la boca, algo me debe haber delatado, porque sus ojos se fijaron en mi cara y siguió.

—Ahora estás enojada conmigo, lo puedo ver, lo siento —dijo controlando su llanto.

—No, no estoy enojada, no sé, toda esta conversación es como una pesadilla. Yo sólo tenía que llegar a la parada a tiempo para tomar el ómnibus, y ahora estoy sentada acá contigo, que tenés miedo de que me muera porque se te rompieron unos huevos, hablando de la muerte de papá y de la dichosa pastilla. —Me froté la cara con las manos sin saber qué decir.

—Nieves, no te vayas, no me dejes.

—No empecemos otra vez, mamá. Ya es tan tarde que no importa si voy o no, seguro me van a echar. ¿Querés que recaliente el café? —Sin esperar respuesta me paré y de espaldas a ella prendí la hornilla. No quería sentarme a su lado, estaba enojada, con rabia. Me daba rabia que por sus tonterías y supersticiones iba a perder el trabajo, y ¿por qué diablos me había hablado de la pastilla? Yo no quería saber de esas cosas, no necesitaba saber ahora si papá había o no tomado la pastilla. ¿Qué diferencia hacía ahora de todas maneras?

Mamá seguía sentada a la mesa y la oía llorar. Yo miraba por la ventana, parada frente a la pileta mientras esperaba que la caldera silbara. Cuando el vapor comenzó a salir por el pico llené dos tazas. Le llevé una a ella y dejé la otra sobre la mesada. Tomaba el café de a sorbos mientras oía el tic tac del reloj al que nunca le había prestado atención, pero que ahora parecía recordarme a cada instante cuán tarde era y qué difícil

iba a ser conseguir otro empleo.
—¿Por qué no te sentás al lado mío? ¿Tan enojada estás?
—No sé mamá, no sé. Ya te dije, todo esto es como una pesadilla y quiero que se termine pronto.
—Estás desilusionada.
—No sé por qué me tuviste que contar lo de la pastilla ahora.
—Porque fue todo mi culpa. Yo lo maté.
—Terminala mamá. ¡Suficiente de estupideces! ¡Nadie se muere por no tomar una pastilla una vez! Mirá mejor me voy, tengo que tomar un poco de aire, aunque me congele me voy a caminar —dejé la taza en la pileta y desde el pasillo la oí otra vez.
—Yo le deseé la muerte a tu padre muchas veces.
—¿¡Qué tonterías estás diciendo!? —sus palabras fueron claras, ni siquiera lloraba, no había escuchado mal. Me acerqué y paré frente a ella, el largo de la mesa separándonos.
—Es la verdad. Yo nunca lo hubiera matado en serio, como pegarle un balazo o esas cosas, pero muchas veces pensé que... bueno... que preferiría que estuviera muerto.
Apenas me senté sobre el borde de la silla y la miré horrorizada. Le agarré un brazo y lo sacudí, apretándolo tan fuerte que el café que aún llenaba su taza se desparramó por el individual de hule a cuadros y algunas lágrimas cayeron por sus mejillas, pero no dijo nada. La solté al darme cuenta que la estaba lastimando, que sus lágrimas ahora eran, quizás, por el dolor. La hubiera querido seguir apretando, lastimando, haciendo más y más daño y por primera vez sentí que quería pegarle, abofetearla. Mis fantasías me asustaron y corrí hasta el pasillo donde creí que iba a vomitar el café caliente que subió hasta mi garganta.
—Nieves, Nieves —oí su voz llamándome.
—Dejame mamá —le dije a la sombra que divisé parada entre la cocina y el pasillo.

—Vení, sentate, no quiero que no me hables.

—¿Qué te puedo decir? ¿Qué contestación te puedo dar a todo lo que me dijiste?

No me contestó y de reojo vi que se volvió a sentar a la mesa. Me quedé parada en el pasillo apenas iluminado por la luz que entraba desde la ventana de mi cuarto, mirando la pared que tenía frente a mí, donde algunos paisajes de calendario habían sido enmarcados en plástico dorado y clavados años atrás. No había ninguna foto, ni mía, ni de mi padre, ni de todos juntos. Nunca me había percatado de eso.

—¿Por qué tenés miedo de que salga de casa y me muera? ¿Acaso también me deseás la muerte como a papá y no sabés qué vas a hacer con la sensación de culpa? —Mis palabras me sorprendieron, me escuché como si fuera el muñeco de un ventrílocuo. No me había movido de lugar.

—¡Nieves, no! ¿Cómo se te ocurre decir tal cosa?

Di varios pasos hasta la mesa y me senté otra vez. —¿Yo te molesto, mamá? —mi calma me sorprendió. Ninguna lloraba.

—No, no me molestás, sos lo más importante de mi vida, pero... bueno... hubo veces que pensé... Nada, nada.

—¿Qué pensaste mamá? ¿Que si yo no estuviera hubieras tenido unos pesitos más? ¿Que hubieras podido salir con algún tipo si no te hubieras tenido que quedar en casa a cuidarme? ¿Qué pensaste mamá?

—¡Nada, nada te digo! Vos sos lo más importante para mí.

—¿Cómo te puedo creer, mamá? Yo creí que papá también era importante.

—Es distinto, muy distinto.

—¿Lo qué es distinto?

—Todo, todo. No podés compararte con tu padre.

—¿Por qué? Decime mamá, ¿vos nunca deseaste que me fuera, que te dejara sola, tranquila?

—Sí.... pero eso no quiere decir.... Nada Nieves, nada.

—¿Y qué si me muero, si salgo ahora y me pisa un auto?

—¡Por favor! ¡No digas esas cosas!

—Vos querías que papá se muriera. ¿Por qué mamá, por qué?

—Por todo, por nada, por muchas razones y por ninguna razón. Yo qué sé.

—No creí que papá te molestara tanto.

—No, no era que me molestara, no era cuestión de molestia, era distinto, otras cosas, otros problemas... no sé cómo explicarte —suspiró y se cubrió los ojos por un segundo, como si no quisiera ver. —Hay cosas que no se le pueden contar a un hijo —dijo sin mirarme.

—¿Entonces qué me podés contar?

—Nada, no sé.

—Explicame, mamá.

—Yo sólo sé que hoy tenía mucho miedo de que al salir de casa te pasara algo. No quiero perderte Nieves.

—No vas a perderme, mamá —le dije y toqué su hombro, la palma de mi mano sobre la franela áspera. Le tuve lástima.

—Odio llorar. No sé por qué perdí el control —dijo y guardó el pañuelo en el bolsillo. Se paró, alisó el salto de cama y estiró su pelo, retirando los mechones húmedos de su mejilla y colocándolos detrás de las orejas.

—Yo nunca te vi llorar.

—Ni me vas a ver otra vez —dijo mientras recogía la taza de la mesa y llevaba hasta la pileta. Volvió hacia la mesa sosteniendo un trapo en sus manos y sin mirarme limpió el café frío desparramado sobre el hule.

—¿Qué fue todo esto, mamá? —le pregunté unos instantes después mientras ella enjuagaba el trapo bajo el chorro de agua.

—¿Lo qué? —preguntó apenas volviendo su cabeza hacia mí.

—No sé, tu miedo, lo que me contaste acerca de papá, todo, como si no hubiéramos sido vos y yo las que hablamos.

—Una de las tantas idioteces que le dan a veces a uno.
—En el correr de los últimos minutos había vuelto a ser la de siempre y fue un alivio, pero algo aterrador al mismo tiempo.
—Pero, ¿y todo lo que me contaste? ¿Todo lo que hablamos?
—Nada. Me lo tenía que sacar de encima supongo, como cuando uno tiene que vomitar.
—¿Por qué no me contás más de papá, de vos? —insistí.
—No hay más nada que contar. Andate a trabajar Nieves —dijo parada frente a la pileta sin mirarme. Ahora sólo veía su espalda y su pelo agarrado con un broche.
—¿Ya no tenés miedo?
—No, ya pasó. Olvidate de todo lo que pasó esta mañana.
Pero yo no pude olvidar.

UN CÍRCULO QUEBRADO

Jadeando y sosteniéndose el vientre que apenas protruía por debajo de la pollera a cuadros roja y verde plisada, la niña se abría paso entre las alumnas que formando una fila ordenada entraban al salón de actos donde participarían en un homenaje a la fundadora de la escuela. Su pelo rubio lacio pegado contra las mejillas habitualmente pálidas, la frente humedecida por el sudor, las manos pequeñas sintiendo el tejido áspero de la lana, apresuraba el paso, asustada por la urgencia de llegar al baño, temerosa de que un accidente del tipo que no tenía hacía años haría que todas sus compañeras se rieran de ella y las maestras la castigaran por descuidada.

¡Cómo me duele la barriga!, pensaba, debe ser diarrea, la horrible diarrea que mamá me dijo tendría si comía tanto chocolate, eso me pasa por comer tanto chocolate, pero a mí me gusta el chocolate, el helado de chocolate. ¡Ay, mi barriga, cuánto que me duele! ¡Tengo que apurarme y llegar al baño, rápido, rápido, me estoy por hacer encima!

Incapaz de correr a causa del dolor que la obligaba a detenerse cada varios pasos, avanzaba con dificultad ante la mirada de sorna de las niñas que intentaban ocultar la risa cubriéndose la boca con una mano.

La niña empujó la puerta del baño con el hombro y la trancó con el pasador. Levantó su pollera, el elástico gastado que ceñía su cintura estirado, bajó su bombacha de algodón blanca, manchada y mojada, y se sentó en el inodoro entrecerrando los ojos a causa del intermitente dolor, sujetándose del aro de plástico que olía a desinfectante. Con inmenso alivio dejó salir de sí lo que la estaba presionando desde sus entrañas, se irguió levemente y miró con curiosidad lo que ahora llenaba la taza de loza blanca en la que nunca había suficiente agua para vaciar el tanque. Con horror y revulsión fijó la vista en lo que flotaba en el agua sucia, amarronada. —¿Quién tiró ese muñeco en el inodoro? —preguntó en voz alta. Extendió los brazos, las mangas blancas de su camisa arrugada subidas hasta los codos, y con repugnancia introdujo las manos en el agua espesa. Levantó la criatura hacia ella, la miró con asco y estiró los brazos manteniéndola lejos de su pecho. —¡Qué muñeco tan feo, es horrible! ¡Me da asco! ¡Mamá, no me gusta este muñeco, es feo y pegajoso y se me resbala de las manos! ¡Y es violeta, a mí no me gusta el violeta, me da miedo! ¡No quiero a este muñeco, no lo quiero! —gritó asustada.

Un llanto débil y apenas audible se entreveró con sus gritos. —¡Un bebé! ¡Hay un bebé llorando! ¿Dónde está la madre? ¡Alguien tiene que agarrar el bebé! ¡Mamá, mamá, llamá a la mamá del bebé, está llorando!

La voz débil dejó de existir. La niña mujer se acercó al tacho de basura desbordado por toallas de papel arrugado. ¿Por qué me sale una piola de la cola?, se preguntó. Me molesta, me molesta. Colocó al recién nacido en una pileta mientras abría el pequeño botiquín de madera blanca donde entre curitas y vendas encontró una tijera que brilló bajo la luz azulada. Luego de varios intentos logró cortar el cordón umbilical. ¿De dónde me sale este piolín?, se preguntó otra vez, frustrada al notar que no había logrado hacer desaparecer lo que parecía un caño blando, escurridizo. —Este muñeco es horrible y no lo quiero, —dijo mirando la pileta sobre la que yacía el cuerpo inerte. Lo agarró nuevamente por debajo de los brazos, sus pulgares apretando el pecho, y resueltamente lo tiró al tacho.

Mareada y débil salió del baño y caminó hacia el salón de actos por los pasillos vacíos por donde se escuchaba la voz distante de la Directora de La Academia, escuela especializada en la enseñanza para niñas con limitaciones y dificultades que les impedían concurrir a otras instituciones. Sus piernas flacas cubiertas por un vello tan fino que ni se veía, ahora enrojecidas por la sangre, no tuvieron fuerzas para seguir avanzando y cayó en medio del patio manchando las baldosas blancas y negras recién enceradas con el líquido rojo.

Diez meses atrás

—Estoy embarazada. —El sonido abrupto producido por esas dos palabras dichas con seguridad, sin vacilar, irrumpió en el silencio de la mañana que hasta ese momento había sido dominado por el ruido de las páginas del diario al ser pasadas, el crujido de una tostada al ser mordida y el de una cuchara revolviendo el azúcar en la taza de café. Viviana, sus ojos marrones delineados con lápiz negro, sus cejas atravesadas por tres aros de cada lado y mechones de pelo castaño pintados de azul metálico cubriendo sus mejillas cubiertas de polvo blanco, miró a su alrededor esperando una respuesta. —Estoy embarazada —repitió, el anillo que perforaba su lengua golpeando contra el paladar. Miró a cada lado sin obtener ninguna reacción. El diario seguía abierto en la sección dedicada a la Bolsa de Valores ocultando el rostro de su padre que parecía no haberla oído. Su madre untaba una tostada con mermelada baja en calorías sosteniéndola cuidadosamente con la punta de sus dedos, las uñas perfectamente manicuradas, un anillo de diamantes y otro de esmeraldas decorando sus manos delgadas. Alberto, su hermano de diecinueve años se paró de la mesa sin mirar a nadie, su pelo rubio, lacio, cubriendo sus hombros, su rostro sin denotar expresión alguna. Enderezó la espalda cubierta por la camisa blanca arrugada en la que había dormido y dio varios pasos largos hasta llegar al piano de cola que ocupaba el rincón más alejado de la sala junto al ventanal donde cortinas de gasa y terciopelo apenas entreabiertas dejaban entrar un rayo de sol tenue. Se sentó sobre la banqueta que nadie había movido de la posición en la que él la había dejado la noche anterior, levantó la tapa con cuidado y colocó sus manos largas y huesudas sobre el teclado. De espaldas a los que seguían sentados a la mesa sin parecer haber notado su ausencia, cerró sus ojos, a veces grises, otras verdes, y comenzó a tocar el primer movimiento de una sonata, la única que siempre tocaba, empezando así su ritual diario.

—¿Alguien me oyó o están todos sordos? —preguntó Viviana exasperada—. ¡Dije que estoy embarazada! —repitió una vez más, alzando la voz, tratando de hacerse escuchar. Apretó sus puños, los músculos de sus brazos tensos, intentando controlar la frustración ocasionada por su incapacidad de obtener una reacción, esforzándose para no arrancar el diario de entre las manos de su padre.

—¿Vas a tener un bebé Viviana? —la voz infantil de Olivia se oyó en paralelo a los acordes provenientes del piano. Sus ojos grises abiertos en expresión de sorpresa y deleite, miró con admiración a su hermana mayor.

—¿Necesitás plata? —el sonido grave de la voz de Guzmán, indiferente a la pregunta de Olivia pareció perforar el aire. Dobló el periódico y dejó ver su rostro, la expresión severa, los ojos oscuros clavados en Viviana, los lentes de marco negro apenas apoyados sobre la punta de la nariz aguileña, la calvicie brillando bajo la luz intensa del plafón.

—¿Para qué puedo querer plata? —Viviana le contestó desafiante acercándose al borde de la silla, estirando el torso hacia su padre quien no se movió—. ¿Vos siempre arreglás todo con plata?

—Bueno mis queridos, mejor me voy a trabajar, se me está haciendo tarde. —Leonora empujó delicadamente la silla tapizada en raso ocre irguiéndose al mismo tiempo que recogió de su falda la servilleta de algodón con sus iniciales bordadas en letras góticas, apenas tocó sus labios con el borde y la dejó desdoblada junto al plato donde había dejado media tostada—. Ustedes no se hacen una idea de los dramas por los que pasan algunos niños, el abandono, la soledad... —dijo mientras se ponía su chaqueta de lino blanca en el vestíbulo sin que nadie pareciera haberla oído. Sacó la llave del auto de la cartera que había recibido como regalo de un diseñador de fama en agradecimiento a los esfuerzos que ella había hecho para combatir la violencia y el hambre en el país en el que él había nacido.

—¡¿A nadie le importa nada acá?! —Viviana se levantó de su silla y tiró la servilleta contra el piso. Guzmán abrió el diario otra vez y retomó la lectura con aparente calma e indiferencia. Sólo Olivia inclinó la cabeza en dirección a su hermana y la siguió con la mirada, curiosa, inocente—. ¿De verdad vas a tener un bebé Viviana? ¿Dónde está ahora? —le preguntó mientras la otra subía la escalera a zancadas, de dos en dos, golpeando los peldaños de madera lustrada con sus zuecos.

—Papá, ¿cómo se va a llamar el bebé?

—Olivia, apurate y terminá tu desayuno, el ómnibus debe estar por llegar —contestó sin mover el diario.

Olivia apartó el cerquillo rubio fino y lacio de su frente alta y con la mirada baja dejó la mesa y se puso la chaqueta de lana azul sobre la camisa blanca almidonada donde la insignia de la escuela había sido bordada sobre el bolsillo que cubría el pecho naciente. Acomodó con cuidado la boina azul, se miró al espejo, y orgullosa por haber sido capaz de colocarla como le había enseñado su maestra, levantó la pesada mochila, la colocó sobre su espalda angosta y salió a la vereda a esperar el ómnibus que la llevaría a La Academia, la escuela a la que había concurrido desde que fue identificada como incapaz de participar en clases para niños con niveles de inteligencia que ella carecía.

El ómnibus atravesó calles y avenidas, pasando al lado del liceo donde Viviana asistía y de donde se graduaría en un mes. Olivia, ensimismada con el movimiento de las ramas y el vaivén de las hojas, no se dio cuenta que desde los jardines del liceo un grupo de muchachos observaron con atención su ómnibus, buscándola, buscando su cara delicada y su inocencia, riendo mientras planeaban cómo acercarse a ella.

Viviana entró a su cuarto esquivando suéteres, zapatos y libros desparramados en desorden para evitar tropezarse.
—¡Idiotas, manga de idiotas, imbéciles, nada, nada los mueve, son como hechos de cemento! —gritó sabiendo que esas palabras, al igual que su frustración, rebotarían contra las paredes y no tendrían más efecto que el de aliviarla, por lo menos momentáneamente. Enfurecida arrojó contra la ventana una bota que rebotó y cayó sobre la caja de tintura para pelo naranja que se abrió y desparramó sobre la alfombra blanca. Rápida, impulsiva, buscó entre las ropas tiradas sobre el piso del closet un bolsón de lona verde en el que metió sin doblar algunos vaqueros, buzos y camisolas, lo cerró, arrastró hacia el pasillo, y mientras bajaba las escaleras discó un número en su celular.
—Me estoy por ir de casa. La cosa no da para más —anunció sabiendo que el que atendió del otro lado de la línea reconocería su voz—. Venime a buscar porque no pienso vivir más acá —terminó la conversación unidireccional sin esperar respuesta.

Leonora reclinó su espalda contra el asiento de cuero del Jaguar, observó brevemente su maquillaje en el espejo que se iluminó al bajar el visor y salió del garaje controlando el andar del auto que se deslizó silenciosamente a lo largo de las avenidas. Al igual que todas las mañanas se dirigió a la sede central de la organización de ayuda a la infancia Aronó, nombre que creó al invertir las letras del suyo, donde era Presidenta, la persona que hacía que el mecanismo de esa institución marchara con la precisión de un reloj, donde nada era dejado al azar y ninguna situación o dificultad la encontraba desprevenida. Su perfeccionismo, devoción a la causa y total control de todo lo que sucedía bajo su mando le brindaban una satisfacción y orgullo que no trataba de ocultar y que producían admiración y envidia en los que la rodeaban y recibían sus órdenes. Mientras recordaba cuál era su agenda para el día, que incluía la cita con la peluquera que vendría al mediodía y con el diseñador del cual elegiría los vestidos que usaría para las veladas donde debía recaudar fondos de los benefactores habituales, como una ráfaga que atravesó su mente de lado a lado escuchó la voz de Viviana mencionando la palabra "embarazada". Sacudió la cabeza por un instante, apenas moviendo su melena rubia ondulada, y rechazó tal pensamiento de inmediato, como si hubiera sido un aro de humo que se desvanece en el aire. Sonriendo y segura de sí misma estacionó en el lugar reservado a su nombre y entró al edificio tomando el ascensor que la llevaría directamente a su suite.

Si comprar o no las acciones de la compañía que parecía tener un buen futuro era lo que Guzmán ponderaba cuando entró a la limusina donde su chofer lo conduciría hasta su oficina en el centro, a una hora de su residencia. Indiferente a los caminos por los que el vehículo avanzaba y a la presencia del hombre que trabajaba para él hacía veinte años, se mantuvo concentrado en los altibajos de la Bolsa de Valores. Por un breve instante y como si hubiera sido un sueño de los tantos que olvidaba apenas despertaba, creyó recordar las palabras de Viviana, su anuncio de que estaba embarazada. Pero, convencido de que era otro de sus muchos intentos para agravarlo y desafiarlo, al igual que lo había hecho, sin resultado, cuando se atravesó la lengua o pintó el pelo de rosado, decidió ignorarlo. Manuel, su chofer, lo observó brevemente por el retrovisor, constatando de que su patrón había cambiado muy poco en los últimos veinte años, vestido con uno de sus trajes hecho a medida, su figura y su porte representando su poder, su infalibilidad, su control incuestionable. Manuel aprendió temprano en la historia de su empleo a no esperar sus palabras ni tratar de entablar una conversación fuera de lo referente estrictamente a su ocupación. Sabía que para Guzmán el día de trabajo empezaba antes de llegar al Diario, uno de los varios periódicos que Guzmán había heredado de sus antepasados, y no terminaba en el viaje de retorno al anochecer durante el cual Guzmán seguía cubierto por las páginas de un diario. Manuel estacionó la limusina en el lugar reservado y uno de los porteros corrió hacia ella abriendo la puerta mientras Guzmán recogía el portafolios y miraba con orgullo el edificio donde todo sucedía de acuerdo a sus órdenes y reglamentos, inebriado por el poder y adicto al control, todo lo que necesitaba para obtener la satisfacción y paz que parecían mantenerlo vivo.

Si Alberto había notado o no lo que transcurrió durante el desayuno no se sabía, y si le interesaba o no era aún más difícil de determinar. Alberto se sentaba al piano temprano en la mañana, a veces antes de que el resto de la familia bajara a desayunar, otras, durante, cuando se levantaba de la mesa sin decir una palabra y con sus pies descalzos caminaba como un fantasma hasta el instrumento. Pero su rutina era incambiable y predecible. Vestido en jeans gastados, la camisa blanca apenas abrochada colgando por fuera de sus pantalones, se sentaba al piano y sin titubear sus dedos caían sobre las teclas repitiendo una y otra vez el primer movimiento de la sonata cuyos acordes habían sonado una vez al unísono con las campanadas del reloj que él había apagado hacía ya mucho tiempo. ¿Cuándo había empezado esa rutina? ¿Cuánto tiempo hacía que tocaba la misma música con la misma precisión, la misma intensidad? ¿Meses, años atrás? Nunca había tocado más allá del primer movimiento, cuando llegaba a los últimos acordes, volvía al principio, a las primeras notas, manteniendo una melodía circular, una melodía que parecía no terminar nunca. Nadie parecía haber notado lo repetitivo de su música, lo absurdamente limitado de su repertorio, nadie lo había mencionado y él no hablaba tampoco. Cuando el reloj marcaba las doce, como si hubiera oído las doce campanadas ahora mudas, se levantaba e iba a la cocina donde sin hablar comía lo que la cocinera le había preparado. Pero si inadvertidamente ella había hecho algo que por alguna razón inexplicable lo disgustaba, tiraba todo al piso y se iba a su cuarto donde permanecía por horas encerrado, sin que nadie supiera qué hacía. Emergía de su habitación varias horas después y volvía al piano a tocar la misma música. Cuando el reloj marcaba las seis, dejaba el piano y se sentaba solo a la mesa, sobre la silla que nadie podía usar más que él; si alguien lo hacía por descuido o ignorancia, irrumpía en una furia de pataleos y gritos sin sentido empujando al que se había atrevido a tocar su mueble y abandonaba el comedor al que no regresaba hasta la mañana. Así entonces su silla fue designada como tal y colocada de tal manera que él pudiera mirar por la ventana en silencio hasta que todos volvían a la casa aunque él parecía mantenerse indiferente a la presencia o ausencia de su familia.

—Seguro de que no te vas a atrever —el adolescente de pelo crespo, rulos castaños entreverados con mechones azules, la comisura izquierda de los labios finos torciéndose en una mueca burlona, los ojos negros penetrantes, desafió al otro, lánguido, el pelo rubio teñido cubriendo su frente ocultando parcialmente los ojos celestes pálidos, rozando los hombros caídos, la chaqueta de jean gastada cubierta por los dibujos que hacía mientras se aburría en clase. El bullicio de los estudiantes, algunos corriendo, otros apenas moviéndose con parsimonia por los corredores del liceo, abriendo y cerrando los candados de los armarios repletos de libros, papeles, deberes olvidados y comida putrefacta, no parecieron perturbar a los dos jóvenes que ignoraban a los que sin querer los empujaban y se disculpaban sin que ellos oyeran la disculpa.

Mickey, como era comúnmente llamado por sus amigos, apartó el mechón rubio que le cosquilleaba un ojo con la mano sucia de tinta negra y observó a Tony considerando si aceptar o no el desafío.

—Pero la chiquilina es media idiota.... —dijo buscando una excusa.

—Ahí está la gracia, boludo. La tarada va a entrar como por el aro. Le decís dos o tres palabritas y se va a dejar hacer lo que quieras.

—¿Y si se entera la hermana?

—¿Cómo carajo te pensás que se va a enterar? Además la tipa anda en otra cosa, ni se debe acordar que tiene a esa hermana tarada.

Mickey consideró sus opciones parado en medio del pasillo que ahora estaba vacío, salvo por los que llegarían tarde a sus clases y se apresuraban a entrar antes de que la campana terminara de sonar.

—¿Qué clase tenés ahora? —le preguntó a Tony, con quien había hecho amistad pocas semanas atrás, el único muchacho que no lo rechazó por ser un recién llegado a ese liceo, él y su madre, solos en el nuevo barrio.

—Ciencias, pero no pienso ir. Vámonos.

Caminaron hasta donde Tony había estacionado el convertible que sus padres le habían regalado en su último cumpleaños y que Mickey admiró en silencio acariciando el metal rojo brillante con sus ojos, deseándolo como nunca había deseado nada. Tony arrancó, presionó el acelerador hasta que las ruedas rugieron contra el pavimento, y sosteniendo el volante con una mano encendió un cigarrillo con la otra y convidó a Mickey. Apenas se detuvo frente a una luz roja haciéndole un gesto obsceno a la mujer que estaba parada en la esquina y lo miró con desprecio.

—¿Cómo la encuentro? —preguntó Mickey mientras Tony manejaba a más velocidad que la permitida y cambiaba de senda ignorando a los que apenas lo esquivaban, apresurándose para llegar al parque donde podría finalmente tomar la cerveza que escondía bajo el asiento junto a un cigarrillo de marihuana.

—Por empezar, todos los días el ómnibus pasa por la avenida y para frente al liceo. Hacele una guiñada, sonreíle, cualquier cosa para que la tarada se de cuenta que la viste y se crea que le gustás.

Mickey, aunque no era tímido o indeciso cuando alguien lo invitaba a ser partícipe en una broma, sobre todo si involucraba algún profesor que trataba de enseñar una de las tantas materias que odiaba y no entendía ni tenía interés en aprender, tenía dudas acerca de lo que Tony quería que hiciera. Porque, pensaba, una cosa era joder al padre de un amigo, que de todas maneras ni se enteraba que le faltaba plata, o vender un anillo de la madre para conseguir un poco de marihuana, ella no usaba más anillos de todas maneras, pero hacer lo que Tony quería.... Pero si no lo hacía, ¿qué diría Tony? ¿Qué haría?

—Nada los afecta, absolutamente nada. ¿Te diste cuenta? —Viviana revolvía la miel dentro de la taza de té de hierbas mientras que con la otra mano jugueteaba con los anillos que atravesaban su ceja, moviéndolos de derecha a izquierda en un vaivén rítmico—. ¿Vos te creés que saben algo de mí, o que les importa? Seguro que no tienen ni idea que quiero trabajar en el teatro, si les digo mañana que voy a ser abogada no los sorprendería ni un poco.

—Si no parás de tocarte esos aros te vas a hacer un agujero, —William, su amigo, confidente y según su propia aserción la única persona que la entendía, la escuchaba con paciencia, mirándola a través de sus gafas gruesas de armazón de metal dorado, tratando de entender la lógica de las acciones de Viviana y las de su familia. William se había acostumbrado a los monólogos de Viviana, la ira contra su familia, la desilusión y a menudo la fingida indiferencia. Se había preguntado muchas veces qué tenía en común con ella y nunca había obtenido una respuesta convincente, porque no existía ninguna similitud entre ambos, sus intereses eran disímiles, sus familias tan opuestas que Viviana a veces bromeaba diciéndole que él había inventado a sus padres para que ella lo envidiara. Para William todo era solucionable a través de procesos que involucraban la lógica y la razón, y las emociones apenas oscilaban alrededor del eje neutro. Sin embargo cuando estaba con Viviana todo lo que era racional parecía desaparecer.

—¿Qué me voy a arrancar?

—Los anillos, te pasás tocando esos anillos.

—No importa. ¿Escuchaste lo que te dije o no me estás prestando atención?

—No sé por qué les dijiste semejante cosa. No se puede mentir con cosas así.

—¿Y por qué no? ¿Sabés lo que mi padre me preguntó? Si preciso plata, eso fue lo único que se le ocurrió. Él todo lo arregla con plata. Y mi madre... bueno, ella ni me escuchó. ¡La pobre Olivia fue la única que pareció oírme y a ella es a la que mandan a una escuela para retardados! ¡Te juro William, a veces me dan ganas de embarazarme de verdad para ver qué hacen!

—Ni se te ocurra. Y a mí dejame fuera de todo eso. Estás demasiado emocional, calmate un poco.

—Vos te hacés el vivo porque no tenés padres como los míos, te quisiera ver si no. No voy a vivir más en esa casa. Tengo el bolso en el auto. Llevame a alguna parte, de repente puedo vivir contigo un tiempo.

—¿Vos estás mal? ¿Qué les voy a decir a mis padres?

—Siempre complicás todo. Entonces me consigo un apartamento.

—¿Y quién lo va a pagar?

—Mi padre, qué pregunta.

—Viviana, ¿por qué mejor no aguantás unos meses más en tu casa hasta que nos graduemos? ¿Acaso no decís siempre que tenés que estar cerca de Olivia?

—Pobrecita Olivia, ellos ni saben que existe. Cuando yo me vaya ni va a tener con quién hablar.

—De repente no se va a dar cuenta.

—No digas tonterías, Olivia es lenta, pero no es tan idiota como se creen. Es como una niñita, eso es todo.

—¿Y Alberto?

—Alberto vive en su propio mundo. Mientras tenga el piano para repetir la sonata millones de veces al día ni se da cuenta si es día o noche, invierno o verano. Los odio William, los odio.

—Usted no se imagina Leonora la suerte que tuvo con sus hijos. —La mujer, deferente, obsequiosa, admiraba y envidiaba todo lo que Leonora era y representaba, su belleza que no disminuía con el paso de los años, su vitalidad, la energía que siempre podía encauzar en algo productivo y exitoso, su creatividad, su riqueza. Todo le iba a las mil maravillas, se decía al verla y, al igual que todos los que trabajaban para ella, la resentía y se avergonzaba por hacerlo. Leonora tenía la vida más perfecta que cualquiera podía haber concebido, Leonora tenía todo mientras ella y los que trabajan con ella siempre carecían de algo, y cada día traía la confirmación de esas limitaciones y carencias.

—Oh, usted exagera, su familia también es una maravilla —intentó asegurarle pretendiendo la empatía que carecía y que para muchos era evidente aunque trataban de convencerse de lo erróneo de sus suposiciones.

—Yo sé, yo sé, pero...en fin, siempre hay problemas. Usted tiene mucha suerte Leonora.

—Sí, lo sé —contestó convencida de lo excepcional de todo lo que era, todo lo que la rodeaba y poseía—. Usted debería escuchar a Alberto, —siguió— el muchacho es un prodigio. Recordará que él demostró una afinidad única por el piano desde muy temprana edad y, ahora que ya es un adulto, siento que está por llegar a la cumbre de su expresión musical. En poco, le aseguro, en muy poco tiempo debutará en una sala de conciertos.

Leonora aprovechaba cada oportunidad que se le presentaba para hablar de la superioridad intelectual y artística de sus hijos, sus talentos, sus triunfos, los que agregados al poder financiero de Guzmán y sus propios logros en el área de la filantropía, los destacaban como una familia que parecía estar por encima de todos, inalcanzable e inimitable.

—Y Olivia, ¿cómo está Olivia? —preguntó la mujer no sin cierta malicia, mientras le alcanzaba los documentos que Leonora firmaba luego de pasar su dedo índice por la página, aparentemente en busca de errores. La mujer había escuchado uno de los tantos rumores que circulaban en su sección, la mayoría de los cuales había sido inventado esa mañana y pasado de empleado en empleado sufriendo modificaciones y alteraciones, hasta que era olvidado horas o días después.

—Olivia es una niña excepcional, —le contestó sin levantar la vista de la página— y si ella me escucha llamarla "niña" se va a enfurecer. Se ha transformado en toda una mujercita, una hermosa mujercita. Podría ser una modelo, aunque dado que tiene tantos talentos artísticos dudo que se quiera dedicar a algo tan simple como modelar. Olivia va a triunfar no importa lo que se proponga hacer.

Mejor no le pregunto por Viviana, se dijo la mujer, avergonzada por tener un hijo alcohólico y otro que no quería estudiar y se ganaba la vida trabajando como mozo, sirviendo cafés y limpiando mesas. Se avergonzó aún más por envidiar a su jefa, su superior en todo sentido.

Sola en su oficina, Leonora terminó de firmar los documentos que sabía habían sido revisados y corregidos exhaustivamente por todos los que seguían sus órdenes y sabían de su perfeccionismo y exigencias. Sintió una gran satisfacción al pensar que gracias a ella y el imperio que había creado, cientos, quizás miles de niños tendrían un futuro sin privaciones. Congratulándose a sí misma cerró la última carpeta orgullosa de sus logros.

—¿Qué necesidad tenés de seguirlos provocando? ¿Por qué mejor no volvemos al liceo? No quiero perder todo un día de clase por seguir tus ideas locas. No tiene ningún sentido lo que estás haciendo, es un plan sin sentido, otra idea absurda que se te ocurrió sin que pensaras por dos segundos. —William trató de convencerla sabiendo que su lógica no iba a ser suficiente para que Viviana lo siguiera. Apresuraba el paso para mantenerse junto a ella mientras cruzaban la avenida que los conducía a la entrada del Diario, donde Guzmán era dueño y Presidente del Directorio. Tal posición lo había transformado en un líder de la comunidad con conexiones, amistades y potenciales enemigos a todos los niveles. No existía político que en algún momento de su carrera no hubiera deseado sus favores, un artículo positivo acerca de su persona y apoyo a su candidatura.

—Quiero ver qué me dice. Le voy a decir otra vez que

estoy embarazada, de repente me da más bolilla acá que en casa. Total, en casa siempre tiene la cara escondida detrás del diario, capaz que acá se la veo.

Tras haberse presentado al agente de seguridad como la hija del dueño, atravesaron el pasillo de entrada donde las paredes de mármol gris parecían proyectar un aire gélido y tomaron el ascensor, donde sus colores resaltaban entre los trajes grises y las miradas la siguieron con curiosidad. Hundida en uno de los sillones de cuero negro que decoraban la antesala de la oficina de Guzmán, cruzaba y descruzaba sus piernas repetidas veces, los jeans rotos dejando entrever las rodillas de piel clara, tamborileaba los dedos sobre el posabrazos, se mordisqueaba las uñas siempre comidas y rechazó el café que la secretaria le ofreció. William hojeaba una revista de computación con fecha del mes siguiente, tratando de concentrarse en los artículos que le interesaban y de ignorar el movimiento constante que lo irritaba. Incapaz de avanzar más allá del título de un artículo, se preguntaba por qué había accedido a acompañarla cuando él no estaba de acuerdo con sus ideas y acciones impulsivas y por qué ella parecía tener sobre él un control inexplicable.

—No te esperaba Viviana, ciertamente es una sorpresa. Pasá, —Guzmán le dijo desde la puerta de su oficina y se dio vuelta, volviendo hacia el escritorio sin esperar que ella entrara y sin parecer haber notado la presencia de William que se incorporó levemente para estrechar su mano y rápidamente se sentó otra vez. Le indicó a Viviana una silla de madera caoba frente a su escritorio y antes de que ella se sentara él se acomodó en la suya, las manos cruzadas sobre la superficie cubierta de papeles.

—William está conmigo, papá —Viviana le dijo desde el otro lado del escritorio.

—¿Él quiere entrar? —preguntó sorprendido mirando hacia la antesala.

—No, no, yo me quedo acá esperando —dijo William tratando de hacerse escuchar, mirando en dirección a Viviana, tratando de evitar la mirada de Guzmán.

—No, vos tenés que entrar conmigo. —No sin cierta trepidación William entró y cerró la puerta. Recostó su espalda contra ella y miró a Viviana, anticipando las palabras que lo implicarían en la trama que traería preguntas de Guzmán que él no sabría responder sin decir la verdad que a su vez le ocasionaría problemas con Viviana, que a su vez.... La voz cortante de Guzmán interrumpió el flujo de sus preocupaciones.

—¿Algún problema?

—Estoy embarazada.

—Sí, ya sé. Te escuché la primera vez.

—¿Eso es todo lo que tenés que decir?

—¿Qué más esperás que diga, Viviana? Sabés que soy un hombre práctico no dado a las emociones, desprecio el sentimentalismo. Te ofrecí plata y la oferta sigue en pie.

—¿Para qué quiero plata?

—Para lo que necesites. Si querés hacerte un aborto, está disponible, y si querés tener un apartamento y criar al niño, también. Es tu decisión. Vos te embarazaste, vos decidís. Es tu vida.

—¿Cómo es posible que eso sea todo lo que vos decís? ¡Plata, plata, para vos todo se arregla con plata!

—Yo no me preocupo por lo que no puedo arreglar, no pierdo el sueño en tonterías. Aprendí hace mucho tiempo que la plata consigue todo lo que de otra manera no tendría.

—No quiero tu plata podrida.

—Como quieras. ¿Algo más? Me esperan en una reunión en pocos minutos.

—No, nada, nada. —Viviana salió de la oficina sin despedirse. William la siguió en silencio sin atreverse a decir nada—. Llevame a casa —le ordenó sin explicarle por qué había decidido volver.

—No tenés que hacer gran cosa al principio, —dijo Tony esforzando su voz para hacerla sobresalir por encima de la música rap que parecía perforar los parlantes situados entre pósteres de sus ídolos de música rock y algunos deportistas— lo que tenés que hacer es seguir el ómnibus, si querés te presto mi auto....

—No, no, yo manejo el mío, no sea cosa de que alguien se crea que sos vos el que la trata de conquistar —le dijo con una ambivalencia difícil de disimular. El auto de Tony lo atraía con la fuerza de un imán, el deseo de sentarse al volante de esa máquina era irresistible, sobre todo cuando lo comparaba con el suyo, que aunque también último modelo, lo hacía sentir como un viejo jubilado cada vez que lo estacionaba junto al convertible.

—¡Lindo sería! —Dijo sonriendo, una mueca torciendo sus labios al imaginar cuál hubiera sido su plan—. Lo que tenés que hacer, —siguió— es decirle algo en cuanto se baje del ómnibus, después te aparecés otro día durante el recreo, otro a la salida, le decís alguna palabra que otra y la convencés para que dé una vuelta en el auto.

Ninguno dijo nada por varios minutos, Tony había cerrado sus ojos y llevaba el ritmo de la música con dos lápices sin punta que tenía atrapados entre sus dedos, sacudiendo su cabeza. Mickey lo observaba con admiración, dudando si atreverse a decir lo que estaba pensando. Finalmente habló, obligando a que el otro abriera sus ojos.

—Tony...no estoy seguro... —titubeó.

—¿No estás seguro de qué, pedazo de gil?

—Bueno..., no sé...., no sé... —contestó incapaz de poner en palabras su ambivalencia y de hacer que Tony comprendiera sin burlarse de él, o lo que sería aún peor, de despreciarlo y rechazarlo.

—¡No me digas que te vas a echar para atrás pedazo de marica!

—No, no es eso, —se defendió.

—Entonces, ¿qué? Sabés que no me gusta que me interrumpan cuando escucho mi música —le dijo cerrando los ojos nuevamente y retomando el ritmo.

—Sí, sí, Tony. No es nada —lo trató de calmar para evitar su furia—. Es que a veces no estoy seguro.... —dijo y se arrepintió de inmediato de sus palabras.

—¿Sos imbécil o te hacés? ¿O acaso no querés ser mi amigo?

Tales palabras fueron suficientes para hacer callar a Mickey. Él no quería nada más que la amistad de Tony y sus amigos, ser aceptado por aquellos que, él estaba seguro, habían rechazado a muchos. Él sin embargo había sido elegido por Tony y ahora le daba la oportunidad de demostrar que él los merecía. Porque, trató de convencerse, ¿acaso Tony no le había confiado todo lo que los otros debieron hacer para que él los aceptara? ¿acaso Tony no le había dicho que al confiarle todo eso estaba rompiendo un secreto pero que lo hacía porque quería que él se uniera al grupo? Al fin y al cabo, siguió pensando, comparado con lo que los otros tuvieron que hacer, su prueba no era tan horrible, ciertamente mejor que manejar borracho y drogado frente al cuartel de policía o matarle el perro a una vieja para robarle las joyas. Sí, se convenció, su prueba no era tan difícil, Tony ya lo había aceptado como a su favorito antes de que él pudiera mostrarle lo que era capaz de hacer.

Tony notó con satisfacción la expresión absorta del otro, adivinando su aprensión y disfrutando del poder que ejercía sobre él. Tony sabía que gracias a Mickey él y sus amigos tendrían algo con lo que entretenerse, algo que los sacaría del aburrimiento que no toleraba y temía, lo único que temía. Le dio una palmada en el hombro de aparente camaradería y

Mickey cayó sobre el montón de ropas sucias que se habían apilado sobre la cama en desorden. —Te voy a prestar mi auto, te voy a prestar mi auto —le dijo sonriendo y gozando de la expresión de felicidad que vio en el otro.

Olivia observaba con interés los puntos que el polvo humedecido por gotas de lluvia había creado contra la superficie lisa transparente, ahora opaca, manteniendo sus enormes ojos grises fijos en el vidrio sucio. Tocó el vidrio con la punta de sus dedos y lentamente sus manos delgadas trazaron una esfera a la que le agregó una viborilla ondulante. Sonrió al imaginar el globo que haría volar más allá del techo de su casa, por arriba de las copas de los árboles. Cuando el ómnibus se detuvo frente a la puerta del liceo trató de distinguir la figura de su hermana entre decenas de adolescentes. La buscó esperanzada, preparando la sonrisa que le mostraría si ella la viera desde lejos, tratando de encontrar el pelo de varios colores, la mochila verde. El ómnibus reinició la marcha lentamente y ella volvió la vista hacia el conductor, desilusionada. La sorprendió el golpeteo de nudillos sobre la ventanilla y volvió la cabeza intrigada por ese ruido. Un muchacho corría junto al ómnibus y le sonreía. Le sonreía y guiñó un ojo. Su corazón dio un salto. Se ruborizó sintiendo un calor que pareció quemarle la cara. Un muchacho le había sonreído, un muchacho que iba al liceo como Viviana, y como William, el amigo de Viviana. No dejó de sonreír hasta que llegó a la escuela.

A la mañana siguiente Mickey esperó en el auto la llegada del ómnibus que seguiría hasta destino. Olivia, la mirada perdida entre los liceales de los que nunca sería parte notó a uno que la estaba observando, y se asustó al notar la mirada insistente que parecía atraparla, la sonrisa burlona, el pelo oscuro con mechones azules y bajó la vista, avergonzada, temblando. Al llegar a La Academia bajó del ómnibus entre el bullicio de las otras niñas que pasaban a su lado bajo la mirada severa de las asistentes que eran responsables por asegurarse de que todas entraran a la escuela, que ninguna quedara en los jardines. Olivia olvidó la sensación que la perturbó pocos minutos atrás, el temblor inexplicable al ver al que la miró con insistencia, cuando oyó el ruido de las ramas, o lo que sonó como una rama, y se detuvo por un instante mirando hacia atrás. Del otro lado de la calle y parado junto a un auto rojo que brillaba más que el de su padre después que Manuel lo lustraba, reconoció al que le había sonreído y corrido junto al ómnibus. El muchacho de pelo rubio pareció saludarla al extender su brazo y al mover sus labios ella creyó escuchar 'Hola'. Olivia sonrió tímidamente, se dio vuelta y apresuró el paso, su corazón latiendo con tal fuerza que temió le fuera a saltar del pecho. Corrió por el pasto húmedo recién cortado hasta alcanzar a sus compañeras, tratando de contener la risa que le brotaba de labios y temió estallaría en una carcajada.

Esa misma tarde, mientras caminaba hacia el ómnibus, lo vio otra vez, recostado sobre el auto brilloso, sonriéndole, señalando la puerta abierta e invitándola a subir. No, no, pensó asustada, yo no puedo entrar, Lina siempre me dijo que no suba a autos de extraños. Temblando y sonriendo la sonrisa que Mickey pudo ver desde la distancia, subió al ómnibus y lo vio a través de la ventanilla sucia, saludándola, sonriéndole otra vez.

—Vamos a visitar a mi madre. —William reconoció el tono de urgencia en la voz de Viviana mientras manipulaba las palancas de la máquina de hacer café que hacían brotar el líquido caliente. No necesitaba ver a Viviana, podía sentir la intensidad de su presencia—. Terminé con las clases por hoy, así que apurate y vamos —le ordenó—. Necesito saber qué opina ella, que le arregla la vida a todos los huérfanos del mundo, de ser abuela.

—¿Por qué mejor no vamos mañana?, —trató de disuadirla — tengo que terminar mi turno en el café, tengo que estudiar, y...

—Si vine a buscarte es porque quiero que vengas conmigo, pero si te vas a poner tan negativo hacé lo que quieras. Yo me puedo arreglar sola.

—Dame unos minutos —William le dijo en voz baja tratando de no llamar la atención de su supervisor y de los clientes que parados en cola frente a la caja hacían sus pedidos.

—Bueno, pero apurate. Es una buena caminata desde acá.
—Viviana dejó su lugar frente al mostrador al que había esperado detrás de ella, moviendo la cabeza de lado a lado, suspirando, mirando su reloj. Ella se paró frente a los estantes donde se exhibían tazas con el logo del café y variedades de tés y cafés. Tomó uno tras otro en sus manos leyendo las etiquetas, acercando los paquetes a su nariz intentando apreciar el aroma a través del envase, hasta que vio de reojo a William que parado frente a la puerta trataba de llamar su atención.

—No tengo mucho tiempo, Viviana —le dijo mientras la seguía apresurando su paso, tratando de esquivar los peatones que Viviana parecía no ver. Después del encuentro, desastroso según William, que Viviana tuvo con su padre y el regreso para él inexplicable a su casa luego de haber empaquetado y amenazado con mudarse, Viviana no volvió a hablar con él del "asunto embarazo", como él lo había definido. Mientras la observaba de reojo, decidida, apurada, como propulsada por una fuerza que él no terminaba por entender, pensó que Viviana parecía vivir para desafiar a sus padres a quienes decía despreciar.

Mientras caminaban sin hablar Viviana pensaba en sus padres y recordaba el día en el que decidió crear la mentira del embarazo. Desde la sala había escuchado a su madre practicar en voz alta un discurso en el que denunciaba la irresponsabilidad de las adolescentes que se embarazaban y terminaban siendo una carga para la sociedad, mujeres que contrariamente a lo que ella y las que escucharían su discurso eran, nunca producirían nada más que bastardos que al igual que ellas no llegarían a nada, perpetuando así lo que ella llamaba en forma despectiva, la resaca de la sociedad. Aunque tales no habían sido las exactas palabras de Leonora, eso era lo que Viviana había entendido y que la hizo sentir asqueada, nauseada y que había aumentado aún más el desprecio hacia sus padres y todo lo que eran y aparentaban ser. Estaba convencida de que el interés y preocupación que demostraban por la sociedad era sólo una excusa para mostrar su superioridad y asegurar su prominencia en círculos sociales que a ella le repugnaban. Los consideraba hipócritas que debían ser castigados y ella se había nominado la encargada de traerlos a su realidad.

—¿Cómo podés ser tan hipócrita? —le había gritado a Leonora pocas horas después mientras Lina le servía una ensalada hecha exactamente de acuerdo a sus especificaciones y su padre comía con el rostro tapado por el diario.

—¿Por qué me llamas hipócrita, Viviana? ¿Porque digo la verdad? Esa gente nunca debería tener hijos.

—¿Qué derecho tenés vos a decir quién tiene y quién no tiene derecho a tener hijos?

—Todo el derecho del mundo, mi querida. Miranos a nosotros, gente que ha triunfado, pilares de la sociedad, nosotros llevamos al mundo adelante, ellos lo atrasan, lo frenan.

—¡Sos un monstruo!

Tras gritar esas palabras Viviana se había levantado de la mesa dejando a su padre leyendo en la misma posición en que había estado desde que se sentó, pero habiendo cambiado de página. Alberto, aparentemente inconsciente de lo que sucedía a su alrededor miraba con absoluta concentración la forma en la cual Lina había cortado los trozos de carne y los reacomodaba una y otra vez y Olivia, que Viviana creyó no había entendido nada de lo que había transcurrido entre ella y su madre, comenzó a lloriquear y temblar.

—Lina, esta lechuga no está a la temperatura que usted sabe a mí me agrada. Por favor llévesela de vuelta a la cocina, —Leonora le había dicho a la empleada luego de que ésta se acercó a la mesa tras oír el llamado de la campanilla que su patrona siempre mantenía al lado de su plato.

No es posible que vivan en esta burbuja, se repetía Viviana mientras subía las escaleras de roble. Los tengo que despertar, pensaba, algo los tiene que despertar.

—Estoy embarazada, mamá. —Viviana observó a su madre, quien estaba parada junto a la chimenea donde leños artificiales reflejaban el dorado de las llamas inexistentes y unas fotografías que, habían captado momentos en los que posó junto a dignatarios de todo el mundo, decoraban la repisa. Ella sostenía una taza de café que Viviana sabía no había sido endulzada con azúcar, impecable en su traje blanco que no parecía ensuciarse nunca.

—¿Para qué viniste Viviana? ¿No deberías estar en el liceo?

—Para lo que te dije. Estoy embarazada, como las guachas que según vos perpetúan el ciclo de guachitos, las pobres diablas que no tienen dónde caerse muertas y que son una carga para la gente decente como nosotros.

—¡Ah! Ya veo.... —le sonrió caminando hacia su escritorio de caoba lustrada que brillaba bajo el rayo de sol que entraba por el ventanal a través del que se divisaba el centro de la ciudad por cientos de cuadras—. Me querés asustar...Bueno mi querida, vas a tener que pensar en otra cosa porque ahora tengo mucho que hacer y vos tenés que volver al liceo. Con tu enorme capacidad creativa no espero menos de vos de que te transformes en una artista de reputación internacional. Sabés que gente como nosotros no puede darse el lujo de perder tiempo en tonterías. Ahora mi querida me vas a disculpar pero tengo que darle los últimos toques al discurso que tengo que dar mañana. Espero que Lina se haya acordado de traerme el traje de la tintorería —terminó musitando para sí, sentándose al escritorio, sacando varias hojas escritas a máquina de una de las carpetas que habían sido colocadas para su revisión temprano en la mañana.

—Si no me creés a mí, traje un testigo —le dijo señalando a William que se había sentado en la silla más alejada de Leonora y apretaba el posabrazos con sus manos sudorosas. Leonora ni le contestó ni miró en dirección a William. Viviana, trató de ocultar su furia y humillación, consciente de que su madre la había ignorado completamente y ella había fracasado en su intento de conmoverla. Levantó su mochila pesada de la alfombra espesa, la cargó sobre su espalda que se dobló bajo el peso de los libros y cuadernos y salió de la suite sin saludarla seguida por William quien supuso que Leonora ni sabía que él había estado allí. Viviana caminó a lo largo de los pasillos bordeados por escritorios evitando la mirada curiosa de los empleados que esperaron ansiosamente el final del día para poder discutir en libertad sus ideas y fantasías acerca de tal visita.

—Hola....Hola..... ¿No me vas a contestar? Ya casi somos amigos, ¿no? —Tras lo que le pareció una espera interminable dentro de su auto, Mickey logró acercarse a Olivia cuando una de las cuidadoras se distrajo al escuchar el griterío de dos niñas que se estaban peleando y revolcando por el pasto tironeándose de los pelos. La mujer robusta vestida de azul se alejó de Olivia quien para deleite de Mickey quedó sola, mirando a su alrededor como perdida. Olivia no pareció notar que él se había acercado a ella y al escuchar su voz se sonrojó y bajó la mirada clavando sus ojos grises en los mocasines negros lustrados. Sin mirarlo comenzó a correr, aunque sus piernas no parecían llevarla tan rápido como ella quería, asustada pero deseando que ese muchacho le siguiera hablando. Mickey, que era más rápido que ella la alcanzó sin dificultad.

—¿No te acordás de mí? Porque yo sí me acuerdo de vos, desde que te vi aquel día en el ómnibus y todos los días que le siguieron y te vi desde la vereda de enfrente —le dijo apenas bajando su cabeza tratando de que ella lo mirara, pero no de asustarla; debía ganarse su confianza.

—No me dejan hablar con extraños —dijo en voz baja sin mover la mirada de sus zapatos, apenas avanzando sobre el pasto que no parecía crecer, mientras él la seguía y ella sentía el calor de sus mejillas que imaginó rojas y no quería que él viera.

—Pero yo no soy un extraño, y si no me creés contá todas las veces que te saludé. Eso ya me hace tu amigo, ¿o no?

Olivia lo miró de reojo sin saber qué hacer ni cómo controlar las piernas súbitamente flojas, los brazos con los que no sabía qué hacer y su boca que insistía en sonreír aunque ella sabía no debía hacerlo.

—No me podés hablar —le dijo sin mirarlo mientras él mantenía sus ojos clavados en ella.

—¿Y por qué no? ¿Acaso no puedo ser tu amigo? Yo también voy al liceo.

Ella sonrió tímidamente sin contestarle. Estaban llegando a la puerta del colegio y Mickey no podía arriesgarse a ser visto.

—Voy a tratar de verte a la salida, de repente podemos ir a caminar un rato, o te llevo a tu casa en mi auto.

—¡No, no, no puedo subir al auto de extraños!

Mickey dio varios pasos hacia atrás al notar su reacción de pánico y temió haber ido demasiado lejos en su plan de acercarse a ella; Tony le había dicho que ella era media lenta y seguro que se asustaba de nada.

—Bueno, chau entonces. Ah, antes que me olvide, no me dijiste tu nombre.

—Me llamo Olivia.

—Yo soy Mickey, Olivia. Nos vemos. —Mickey corrió hasta su auto y desapareció entre los autos que transitaban el bulevar arbolado sin que nadie se hubiera percatado de su encuentro con Olivia.

El resto del día fue más difícil para Olivia de lo habitual. Ese día fue incapaz de concentrarse, no oía las instrucciones de la maestra que sonaba a lo lejos sin que ella pudiera distinguir las palabras, estaba perdida en el recuerdo de la mirada y la voz de Mickey. Estaba asustada, pero el deseo de verlo otra vez era más poderoso que su temor. Dijo que es mi amigo, se repetía, ahora tengo un amigo, sonrió. No logró completar ninguna de sus tareas, la mirada perdida sobre los renglones donde debería haber copiado la frase escrita sobre el pizarrón y donde sin embargo aparecía la imagen de Mickey. Gracias a la ayudante de la maestra que la guió y se mantuvo a su lado hasta el final del día pudo garabatear los deberes en su libreta y metió los libros en su mochila. Al salir de la escuela miró en todas direcciones buscándolo, pero no lo vio. Desilusionada y mordiéndose los labios para no llorar, porque más que nada no quería que sus compañeras se rieran de ella, subió al ómnibus y se sentó sin mirar por la ventanilla. Mickey sin embargo la vio, escondido dentro de su auto estacionado a una cuadra. Siguiendo los consejos de Tony decidió no hablarle por varios días, temía asustarla y necesitaba que ella deseara verlo, pero no quería dejar pasar demasiados días, no fuera cosa de que ella lo olvidara. "Estos tarados no tienen memoria de nada y se olvidan de cualquier cosa enseguida", recordó las palabras expertas de Tony que ahora sonaron más claras que nunca.

—Hola Olivia. —Olivia dio un sobresalto al escuchar su nombre y reconocer la voz de Mickey quien apareció repentinamente a su lado sin que ella pudiera explicarse cómo se había infiltrado entre sus compañeras sin que nadie lo notara—. Espero que no estés enojada conmigo.
—¿Dónde estuviste todos estos días? —preguntó inocentemente.
—Ocupado con los estudios. Tengo montones de deberes —mintió. Mickey corría el riesgo de ser expulsado, lo que no parecía importarle. Hacía ya tiempo que o no iba al liceo del todo o entraba por una o dos horas y apenas se le ocurría algo mejor que escuchar a los profesores aburridos que no toleraba, se iba.
—¿Querés que te lleve a tu casa en el auto? Vas a llegar más rápido que en el ómnibus y vas a tener más tiempo para..... —para qué, se preguntó, sin saber que Olivia, a pesar de sus quince años, aún jugaba con muñecas y animales de fieltro y los dibujos animados eran su programa de televisión favorito.
—La Directora dice que no podemos ir a ningún lado con extraños.
—Pero yo no soy un extraño, soy tu amigo. ¿O acaso no soy tu amigo?
—Yo sólo tengo amigas —le contestó encogiéndose de hombros.
—Bueno, ahora tenés un amigo también.
—¿Como Viviana?
—¿Quién es Viviana?
—Mi hermana. Ella tiene un amigo, William. Porque si es un novio se debería casar, ¿no?
—Sí, por supuesto —le contestó mientras la dirigía hacia el auto, tratando de no contradecirla, de no entrar en explicaciones que no le interesaban, en conversaciones de las que no sacaría ningún provecho. No podía arriesgarse a perder

la oportunidad de ese momento, ¿qué diría Tony si él tuviera que confesar que no fue capaz de convencerla de que entrara a su auto? Pero Olivia lo siguió. Es más inocente de lo que yo creía, pensó. Va a entrar como por un aro. Lástima que es tan tarada, porque buena está.

—¿Querés tomar un helado?

—Sólo si es de chocolate porque los de crema no me gustan.

Sentada al lado de Mickey vio pasar el ómnibus al que debería haber subido y sintió algo de culpa, o quizás vergüenza, por no haber hecho lo que debía. Pero esas sensaciones no fueron lo suficientemente poderosas como para ocultar el orgullo que sentía por estar sentada al lado de ese muchacho rubio que la vino a buscar, que se acordó de su nombre y que la observaba de reojo y sonreía dentro de ese auto brilloso que olía raro, un olor que le quemaba la nariz, distinto al olor del auto que manejaba Manolo y donde su padre fumaba.

—¿Qué hacés todo el día? —Mickey le preguntó cuando ambos estaban sentados sobre un muro bajo frente a la heladería, sus piernas largas extendidas hasta la mitad de la vereda, sin esforzarse por cambiarlas de posición cuando alguien se acercaba, obligando a los peatones a cambiar de dirección.

—Miro tele, me quedo en mi cuarto.... —le contestó, repitiendo lo que Viviana le había enseñado. "No digas que jugás con muñecas, si no la gente se va a creer que sos tonta", le había dicho hacía tiempo, y Olivia lo recordaba—. A veces mamá viene al cuarto y hablamos, y Viviana siempre viene y me cuenta cosas.

Mientras Olivia lambeteaba el helado tratando de que no goteara sobre su uniforme, Mickey recordó vagamente a la Viviana que ella había nombrado y que Tony le había mencionado, la loca con el novio, o amigo, el idiota con el que siempre se paseaba. Pero, tal como le dijo Tony, mejor mantenerse lejos de ella, nadie debía saber que él había conocido a Olivia.

—¿Querés conocer a Viviana? —le preguntó como si hubiera leído sus pensamientos.

—No, no. Yo sólo quiero conocerte a vos —le contestó acercando apenas su cara a la de ella.

Olivia desvió la mirada y se sonrojó.

—No vas a poder mantener esa mentira mucho tiempo —William trató de convencer a Viviana y en forma característica le presentó la larga lista de hipotéticos problemas que él pensó surgirían a consecuencia de la mentira que ella había presentado a sus padres.

—Te aseguro, y yo los conozco bien, que ya ni se acuerdan de lo que les dije. ¿Acaso no te diste cuenta cuánto tiempo ya pasó desde que les hablé y ni mencionaron el asunto? Para ellos yo soy una artista, una bohemia que triunfará esculpiendo, y no importa lo que yo diga o haga me verán de esa manera, viva o muerta.

—Sólo estoy tratando de ayudar. Además no quiero que me metas a mí en líos.

—Yo sé, pero con ellos no podés regirte por esa lógica —le dijo mientras masticaba un chicle que había perdido el sabor.

—Hablando de otra cosa, —William le dijo cuando notó que Viviana ya había dado por terminada la conversación relacionada con su supuesto embarazo y miraba distraídamente por la ventana del café— ¿no te parece que a Olivia se la ve distinta?

—No sé, yo no noté nada. La veo como siempre, contenta. Pobrecita, por lo menos está contenta en su propio mundo, como Alberto.

—No sé, tal vez es cosa mía, pero cuando estuve el otro día

en tu casa la vi más sonriente, se sonrojó al mirarnos, no sé, no puedo explicarlo.

—Sí, tenés razón. —Le dijo al recordar la imagen de Olivia—. Ahora que pienso, anda como andaba yo cuando me enamoré a los doce años, perdida en las nubes.

—¿Te parece que esté enamorada?

—¿Olivia? ¿Estás mal vos? Eso es imposible. Por empezar que no tiene cómo conocer a nadie, en la escuela hay sólo niñas, va de casa al ómnibus y del ómnibus a casa, el único varón con el que trata de hablar, sin resultados pobre, es Alberto, o a veces contigo, y además es muy niña, muy inocente.....No, no creo que haya nada de lo que decís.

—Olvidate entonces. Deben ser cosas mías. Volviendo al otro tema, ya que parece que todos mis argumentos no sirvieron para nada, ¿cómo vas a seguir tu mentira? ¿Te vas a poner un almohadón bajo los jeans?

—Ni se darían cuenta de todas maneras. No es que no te haya prestado atención, es que con ellos todo es un perdedero de tiempo. Tal vez sea mejor que no diga más nada, total, ¿para qué?

—Alberto, deberías aceptar la invitación del profesor y presentarte a la audición. No me cabe duda de que vos sos mejor que cualquiera de los que se presentarán. Por alguna absurda razón que no me quiso explicar, se mantuvo al firme y se niega a que toques en la sala de conciertos antes de que te escuchen, él y su grupo de profesores, indudablemente incompetentes y estoy convencida, ni cerca de tu altura como intérprete. —Leonora le hablaba a su hijo parada junto al piano negro de cola, la madera lustrosa brillante, mientras él tocaba la sonata aparentemente indiferente a su presencia. Sumido en el mecanismo de la música observaba con intensidad sus manos que se movían con precisión y destreza. No toleraba errores y se detenía cada vez que tocaba una nota por equivocación, o si olvidaba un bemol o sostenido, fruncía el ceño, golpeaba con fuerza la mano que cometió el error como si fuera ajena a su persona, y volvía al principio.

Leonora, satisfecha con la comunicación que creyó haber logrado con su hijo, se acercó a su marido, quien estaba absorto en la lectura de las cotizaciones más recientes de sus acciones. —Estoy segura de que en muy poco tiempo veremos triunfar a Alberto. Su debut en la sala de la Filarmónica será un éxito. Y espero que a nadie se le ocurra tan siquiera mencionar que puede debutar en alguna salita de mala muerte, porque con su talento yo no voy a aceptar nada menos que lo que él se merece, frente a un público capaz de apreciar sus habilidades. Su marido continuó la lectura sin responderle, pero ella no parecía haber notado la aparente indiferencia.

—Guzmán, —siguió mientras tomaba una revista de modas que había quedado abierta sobre una silla y la hojeaba desinteresadamente—, ¿qué te parece, vamos o no a la fiesta en el Consulado este sábado?

—Lo que quieras —le contestó sin mover la vista del diario.

—¿Vas a venir mañana otra vez? —la pregunta sorprendió a Mickey. Era la primera vez que Olivia le hacía saber abiertamente que lo esperaba, y tal actitud de parte de ella le pareció casi osada. Él se estaba acostumbrando a su pasividad, a su timidez e inocencia, y para su desconcierto no había intentado ni tocarla con la punta de los dedos.

—Sí, mañana te llevo a casa otra vez.

—¿Me vas a comprar otro helado?

—Sí, si querés, o algo fresco.

—No, a mí me gustan los helados de chocolate.

—Sí, yo sé que a vos te gusta el helado de chocolate —le dijo sonriendo mientras estacionaba el auto a una cuadra de su casa, pocos minutos antes de que llegara el ómnibus en el que ella debería haber viajado. Olivia se bajó y comenzó a caminar lentamente, deteniéndose a mirar los arbustos que cubrían las cercas de las casas vecinas, tomando las hojas entre sus manos y acercando la cara, oliéndolas. Mickey aceleró observando brevemente la figura de la que se alejaba y ahora disminuía en el retrovisor, alta y delgada, el pelo tan claro y fino, casi blanco, la pollera a cuadros y los mocasines. Se reacomodó en el asiento y cambió las manos de posición. No lograba sentirse cómodo, se sentía nervioso, molesto. Quería seguir mirando a través del retrovisor y seguir esa figura que se había perdido en la distancia, y eso lo avergonzó. Tenía que librarse de la sensación rara que lo perturbaba y no podía describir, un nerviosismo al que no estaba acostumbrado y lo que era aún peor, pensó, no era la primera vez que eso le ocurría desde que conoció a Olivia. Debía hacer desaparecer esas emociones antes de que Tony o alguno de sus amigos tuvieran la más mínima sospecha de lo que le estaba ocurriendo, porque muy a su pesar y contra su voluntad, había desarrollado una inexplicable atracción hacia la niña de la que se reía y burlaba. Olivia lo hacía reír, a veces con sus comentarios tan inocentes e infantiles que le parecía imposible que provinieran de alguien con ese cuerpo de mujer. A veces sentía que podía pasar horas mirando los ojos tan grises, los pómulos tan altos, pero, más que nada, Olivia no lo criticaba, no lo mandaba, parecía estar contenta con él sin preguntarle nada, sin esperar más que su helado de chocolate. Súbitamente consciente de lo absurdo de sus sentimientos y furioso consigo mismo por haberse permitido sentir y pensar lo que amenazaba con desviarlo de su meta, aceleró con más intensidad pasando autos y desafiando las reglas de manejo que consideraba inútiles. Después de todo, se dijo mientras prendía un cigarrillo, lo más importante es ser amigo de Tony.

—Bueno, ¿para cuándo entonces? Porque esto de pasearte con la tarada para arriba y para abajo no fue parte del trato. —Tony se sentía extremadamente irritable esa mañana y la parsimonia de Mickey en conseguir lo que él esperaba de esa idiota lo enfurecía aún más—. Yo ya hubiera terminado todo el asunto en el tiempo que a vos te llevó meterla en el auto. ¿Qué estás esperando?

—Nada, nada, necesito más tiempo —se defendió mientras metía su mochila con deberes nunca hechos en el casillero polvoriento donde restos de comida ocultaban cigarrillos y plata que le había robado a su madre varios días atrás.

—¿Más tiempo para qué, pedazo de idiota? ¿Acaso le vas a pedir que se case contigo?

—No, por supuesto que no. Tengo todo bajo control. ¿Por quién me tomás?

—Bueno, te aviso para que sepas. Los muchachos se están empezando a impacientar y no todos son tan pacientes como yo. Queremos ver resultados.

—¿De qué resultado me hablás? —preguntó con un leve nerviosismo que trató de ocultar pero que no pasó desapercibido para Tony quien parecía capaz de detectar el miedo o el nerviosismo que para otros era imperceptible.

—No me digas que te olvidaste, pedazo de gil.

—No, claro que no me olvidé. Conquisto a la tarada y ya está.

—¿Ya está lo qué, imbécil? ¿Vos te creés que llevarla a pasear para arriba y para abajo en el auto es todo lo que esperamos de vos?

—No, no, ya sé, —sonrió, tratando de mostrar la calma y el control que desaparecían cuando estaba frente a Tony— hago que se vuelva loca por mí y la dejo llorando en una esquina.

—¿Realmente te pensás que eso es todo?

Mickey no le contestó y forcejeó el candado del casillero contiguo al suyo.

—Mirá, mejor que hagas lo que te digo, porque si no cumplís, no sólo que te vas a olvidar de ser amigo mío, pedazo de marica, sino que le voy a decir a todos los muchachos lo que sos y ellos se van a encargar de dejarte el culo a la miseria.

—No, no Tony, yo hago lo que me digas, palabra. —Mickey sintió un sudor mojándole la camiseta negra, gotas humedeciendo la frente por debajo del cerquillo largo.

—Los muchachos y yo tenemos que verte cuando cojas a la tarada, escuchar sus retardados gritos y todo. La dejás tirada donde sea y nos vamos a celebrar. Así vas a mostrarnos que merecés ser amigo nuestro. Y no digas que no te avisé en qué vas a terminar vos si no cumplís.

—Claro Tony, yo acepté, te di mi palabra —le dijo tratando de parecer en control—. Sólo necesito encontrar el momento oportuno. Sabés cómo es, a la tarada siempre la está cuidando alguien.

—A mí no me importa un carajo de la tarada, yo sólo quiero saber si mis amigos te merecen o no. Vos decidís. —Tony salió del liceo fumando un cigarrillo y tiró el pucho encendido entre los estudiantes que bajaban del ómnibus.

Mickey pateó con fuerzas el metal del casillero doblando el metal verde oscuro y caminó en dirección contraria a Tony saliendo del liceo por la puerta de emergencia que se mantenía siempre cerrada.

—Vivi, ¿dónde está tu bebé? —Viviana se sobresaltó al escuchar tal pregunta, ella ya había olvidado su mentira. Había entrado al cuarto de Olivia a leerle un cuento, siguiendo una de las tantas rutinas que en algún momento se había establecido entre ambas. Cómo Olivia recordó tal hecho y por qué se lo preguntaba ahora ella no podía imaginar.

—No Oli, no hay ningún bebé, —le contestó firmemente esperando que eso fuera suficiente para disuadir a Olivia e

impedir más preguntas.
—¿Dónde está el bebé?
—No hay un bebé Oli, fue una broma.
—¿Por qué dijiste entonces que tenías un bebé?
—Porque sí, porque quería ver qué decían mamá y papá.

Olivia la miró entrecerrando sus ojos grises que ahora parecían verdes, cuestionando, perpleja ante lo que no podía comprender. Viviana la atrajo hacia ella y abrazó, la cara de Olivia escondida entre los botones de metal que decoraban su chaqueta y que Olivia se entretenía a veces tratando de leer y de descifrar, iniciales y dibujos que no entendía.

—¿Vos no querés a mamá y papá? —preguntó levantando la cabeza y haciendo que la mano de Viviana que la acariciaba se posara sobre el aire.

—Claro que los quiero —le contestó en forma refleja aunque cada vez estaba más convencida de que no era cariño lo que sentía por ellos, pero ese no era un tema que podía discutir con su hermana. ¿Cómo podía explicarle a Olivia, tan simple, tan inocente, que ella despreciaba a sus padres, que cada día que pasaba sentía más rencor hacia ellos?

Viviana volvió a acercarla hacia ella, sintiendo su cuerpo tan frágil y al mismo tiempo mujer, con una belleza de la que no tenía consciencia, o aún peor, que desconocía el poder que su belleza podía tener sobre otros.

—Oli, —empezó sin estar segura de que quería mantener esa conversación pero convencida de que sus padres, ciertamente su madre, no lo haría— Oli, tenés que tener cuidado de los muchachos. —¿Cómo le explico estas cosas? se preguntó, sueno como una vieja idiota, ahora va a andar asustada de todo, pero si no le explico, ¿quién le va a explicar? ¿A quién va a escuchar?— Oli, —siguió, el rostro de Olivia aún escondido entre los botones que estaban marcando su cara pálida salpicada por pecas—, no quiero que te pase nada malo, vos sos muy linda y a veces....

Olivia se separó de ella sin dejarla terminar la frase. —No todos los muchachos son malos, Vivi. Hay algunos buenos, muy buenos. —Olivia se sonrojó y paró, arreglando las tablas de su pollera que no estaba arrugada, acomodándolas una y otra vez, sin mirar a su hermana.

—Oli, ¿conociste a alguien?

—No, no —le contestó alejándose, dándole la espalda.

—Oli, no me mientas —le dijo, ahora asustada, alzando la voz, levantándose del borde de la cama, del acolchado rosa—. Si se te acerca alguien quiero que me cuentes, no quiero que nadie te haga daño.

—Él no me va a hacer daño —le dijo defendiéndose y defendiéndolo.

—¿Quién es 'él' Oli? Me tenés que decir —Viviana se acercó a ella y la tomó del brazo que Olivia retiró con fuerza.

—¡No y no! ¡Soy grande! ¡Dejame, dejame! —Olivia se alejó, su expresión tensa, los labios apretados, las mejillas enrojecidas.

Viviana la siguió, intentando calmar su nerviosismo, segura de que Olivia tenía un secreto y que las ideas de William eran probablemente más que sospechas infundadas.

—Oli, me tenés que contar —le dijo ahora en voz baja, acariciándole la espalda, tratando de sonar calma, de no asustarla.

—¡No y no! ¡Dejame! —dijo separándose de las caricias de su hermana. Viviana insistió en acercarse a ella, lo que la enfureció al sentirse arrinconada y presionada. Olivia tomó de a uno los animales de fieltro que la rodeaban y los tiró contra su hermana que los iba agarrando y tirando al piso, lo que pareció enfurecer a Olivia aún más. Mientras recogía juguetes caídos, los apretaba y besaba, y miraba a Viviana de reojo, asustada, sus ojos grandes en un pánico que obligó a Viviana a detenerse. De golpe dejó caer a todos los juguetes que llenaban sus brazos y comenzó a llorar en forma descontrolada.

—Oli, Oli, calmate. Yo te quiero Oli, te quiero más que nadie.

—¡Mentira, mentira! ¡Dejame! ¡Andate, andate!

Viviana trató otra vez de acercarse y abrazarla, lo que provocó una furia aún mayor en Olivia que comenzó a patearla y arañarla.

El ruido repentino de algo que parecía haberse destrozado forzó a que ambas se detuvieran y paralizadas por un instante sólo movieron sus ojos en busca del origen del sonido que logró quebrar los gritos y el llanto de Olivia y las súplicas de Viviana. Parado en la puerta de la habitación, Alberto las contemplaba sin expresión alguna en su rostro pétreo, sus ojos azules fijos en ellas, a sus pies un jarrón destrozado. Sin emitir un sonido o una palabra, Alberto se dio vuelta y se fue. Oliva retomó el llanto, ahora tímido y débil, y se sentó sobre la alfombra, en el pequeño espacio que existía entre la cómoda y el armario, donde apenas cupo, sus piernas flexionadas contra su pecho, agarrándolas y cruzando los brazos contra ellas, su cara escondida en el fieltro de un oso.

—Perdoname Oli, es que yo te quiero mucho. No quiero que nadie te lastime. —Viviana extendió la mano para acariciarla pero se detuvo antes de tocarla. Recogió el resto de los juguetes desparramados por el suelo y salió del cuarto cerrando la puerta, convencida de que lo mejor era dejarla sola.

—Viviana dice que vos sos malo —afirmó Olivia de repente, la voz clara y cortante, sin mirar a Mickey quien se sorprendió al escucharla y giró la cabeza hacia ella, súbitamente asustado. Mickey había manejado hasta el parque, como lo había hecho otras tardes y estacionó el auto al costado del camino desde donde miraba distraídamente a los que caminaban por la orilla del lago sin prestarle atención a Olivia.

—Pero Viviana no me conoce —se defendió, incapaz de dar otra respuesta a tal acusación y apretando el volante, furioso con Olivia por haber hablado de él a su hermana y por lo que eso significaba. Si la hermana sabía de él, ¿cómo iba a ser capaz de terminar con su misión?, se preguntó. ¡Pedazo de idiota!, se dijo por haberse tomado demasiado tiempo, o haberse descuidado, confiado de que Olivia era incapaz de contarle a nadie de su existencia. Pero fue el sudor de sus palmas que le hizo pensar en Tony y sus amenazas si él fracasaba, lo que ahora parecía tener más chances que nunca.

—Yo sé, —le contestó— pero Viviana dice que los muchachos me van a lastimar.

Mickey sintió que algo dentro de él se ablandó, sus hombros se relajaron y suspiró aliviado, esbozó una sonrisa y habló, la confianza renaciendo en él. —¿Viviana dijo, 'los muchachos' o 'Mickey'?

—Viviana no sabe tu nombre. ¿No te acordás que me dijiste que eso es un secreto? Y yo sé cuidar secretos, yo no le cuento a nadie. Una vez Luisa en la escuela me contó un secreto y yo nunca lo conté a nadie, ni a vos te lo voy a contar.

—Sí, yo sé —sonrió, la amenaza de peligro que lo había asustado segundos atrás ahora desaparecida, su confianza renacida—. Yo sé que vos no le vas a contar a nadie, —le repitió ignorando el comentario acerca de la tal Luisa que no sabía quién era ni le interesaba tampoco.

—Porque vos sos mi novio, ¿verdad?

Tal pregunta lo sorprendió, no se le había ocurrido pensar en qué era él para Olivia, pero vio en tal idea la oportunidad para seguir adelante con su plan, porque se le estaba acabando el tiempo y no quería provocar la ira de Tony o arriesgar la amistad. Saberse el novio de 'la tarada' como la llamaba Tony lo avergonzaba, pero cuando se atrevió a tocarle el pelo lacio y suave y lentamente bajó su mano por el brazo de Olivia y se detuvo en su mano sin que ella protestara, sonrió convencido de que obtendría lo que buscaba con más facilidad y ciertamente más placer de lo que había pensado y deseó que ese día llegara lo antes posible.

—Tenés razón, William. Olivia está enamorada, o lo que ella cree es estar enamorada, o algo así. El otro día se puso furiosa cuando le dije que se tiene que cuidar de los muchachos, estaba defendiendo a alguien, pero no tengo idea a quién. No me explico cómo pudo haber conocido a alguien, va de la escuela a casa y de casa a la escuela, está sólo entre niñas, no... no tiene cómo haber conocido a un muchacho, está demasiado protegida.

—De repente vio a algún actor en la tele que le gustó.

—¡No es tan tonta, William! ¿Cómo podés decir tal cosa?

—No sé entonces. ¿Qué querés que te diga? ¿Querés que trate de averiguar entre los muchachos del liceo si alguien sabe algo?

—Todos tus amigos andan con la cabeza hundida en las computadoras y no me imagino cómo ellos pueden saber qué está pasando con una niña que va a otra escuela. Esa idea no va a servir para nada.

—Pero puedo preguntar si querés, no me cuesta nada —le ofreció otra vez, tratando de calmar su propia ansiedad.

—La reacción que tuvo el otro día me puso nerviosa, —siguió, ignorando su ofrecimiento— ella siempre me confió todo, y esta vez se puso furiosa, histérica, con decirte que hasta me atacó, y ella nunca me atacó a mí.

—De repente nos estamos preocupando por nada —siguió, asegurándose de que Viviana entendiera que él era parte de eso, sea lo que fuera que 'eso' significaba—. Después de todo, ella ya tiene quince años, tiene derecho a que alguien le guste. No tenés que ponerte paranoica y pensar en cosas raras.

—Pero ahí está el problema, ¿o no te das cuenta? Que le

guste alguien no me importa, pero cómo lo defendió y me atacó a mí es lo que me asusta; que no me haya confiado, ¿entendés? El problema es que no sé quién es y ella es muy inocente. Cualquier vivo la puede embaucar, con unas pocas palabras la puede convencer de cualquier cosa, darle drogas, violarla... —Viviana se estremeció al imaginar tal escena, tragó con fuerza y desvió la mirada de la cara de William quien la observaba preocupado y sin saber qué contestar.

—¿Por qué me trajiste a un parque nuevo? —Mickey abrió la puerta del auto y ofreció su mano a Olivia quien por un momento no supo qué hacer y mantuvo la suya sobre la falda, confundida ante lo inusual de la situación, pero al recordar que una vez había visto algo así en una película que Viviana estaba mirando y que a ella no le estaba permitido ver, la tomó y bajó del auto. Lo siguió abriéndose camino entre las ramas del sendero sintiendo el roce áspero y cortante contra sus brazos descubiertos y la presión del pedregullo bajo sus pies.

—Es precioso por acá. Quería que vieras qué lindo es todo esto —le dijo adentrándose, alejándose del camino—. A veces vengo solo y me siento a mirar el arroyo y los pájaros de todos colores —mintió, volviendo su rostro hacia ella y sonriéndole—. Entonces, el otro día, estaba pensando en vos y me dije, 'Seguro que a mi Olivia le va a gustar ver todo esto'.

—Yo no soy tu Olivia —le dijo deteniéndose y haciendo que él se detuviera también—. Yo no soy de nadie. Eso me enseñó la Directora. —La actitud determinada, la expresión seria y el tono de voz que pareció provenir de alguien mayor tomaron a Mickey por sorpresa.

—Sí, sí, tenés razón —dijo rápidamente temiendo arruinar lo que le había llevado más tiempo planear de lo que había creído sería necesario—. Vos sos tu propia dueña, yo sé —le dijo en voz baja, la miró a los ojos y le sonrió con su mejor sonrisa cautivadora, lo que tuvo el resultado esperado. Olivia tomó su mano nuevamente y le sonrió, su expresión confiada, inocente.

—Te voy a mostrar mi lugar favorito —le dijo recobrando la confianza—. Hay una cascada y un arroyo y alrededor hay flores de todos colores, como a vos te gusta. Y si tirás una moneda al arroyito, podés pedir un deseo.

—¿Y se hace realidad?

—Siempre se hacen realidad, pero vos me vas a tener que dejar que te ayude.

—Yo sé tirar monedas sola. Una vez tiré una en la fuente del parque cuando me llevó Lina. Pero no me acuerdo lo que pedí, —frunció el ceño y entrecerró los ojos. Repentinamente pareció enojarse y luego entristecerse, apretó sus labios con fuerza y soltó la mano de Mickey otra vez.

—Dale Olivia, vení, ya falta poco —le dijo tratando de sonar convincente, de hacer que ella le confiara y dejara que él pudiera proseguir con su plan sin cuestionarlo. La prefería dócil e inocente, sus arrebatos de aparente rebeldía lo estaban empezando a enfurecer. Pero no debía darle tal impresión, debía mantenerse calmo para que ella lo siguiera y todo se produjera sin inconvenientes. De ser así en menos de una hora estaría festejando el éxito de una misión cumplida y recibiendo el respeto de Tony y sus amigos. Se acercó a ella y le tomó la mano otra vez, guiándola hacia el área donde tras arbustos enmarañados Tony y sus amigos los estaban esperando. El camino era cada vez más difícil de seguir, el trecho angosto, con subidas y bajadas que hacían difícil mantener el equilibrio. Olivia se tropezó y Mickey tironeó de su brazo para impedir que cayera. Con el ímpetu que le dio tal movimiento, la atrajo hacia él, apretó contra su cuerpo y con su mano sobre el cuello de Olivia empujó su cara hacia la suya hasta que la pudo besar. Olivia lo empujó y se separó de él quien por un instante creyó iba a perder el equilibrio.

—¿Por qué me metiste la lengua en la boca? —le preguntó

enojada mientras se limpiaba los labios con el dorso de su mano y daba varios pasos hacia atrás. —No me gusta, me llenaste de baba. No me gusta.

—Porque así se besan los novios que se quieren —le contestó con la esperanza de que Tony y los muchachos ya estuvieran en posición y lo hubieran visto y escuchado.

—¿Por qué hablás tan fuerte?

—Porque.... porque quiero que todos escuchen que sos mi novia —inventó la excusa rápidamente sabiendo que cada vez tenía menos tiempo para terminar lo que había empezado semanas atrás y que ahora parecía no ser tan fácil como había creído en un momento. Tenía que mantenerla calma y contenta, se dijo. Lo irritaba que ella se pusiera arisca, le daban ganas de pegarle. Trató de mantenerse calmo y le ofreció su mano otra vez. Olivia sonrió y pareció alegrarse otra vez.

—¿Falta mucho hasta la cascada? Me duelen los pies y quiero ir a casa.

—Falta poquito, ya vas a ver. Además, no te olvides, tenés que pedir tu deseo.

—Sí, sí, tengo que pedir mi deseo —dijo entusiasmada, pareciendo haber olvidado su interés en regresar—. ¿Querés que te cuente mi deseo?

—No, no, los deseos son secretos, igual que los otros secretos, como que vos sos mi novia y mi nombre —le repitió necesitando asegurarse de que Olivia no lo delataría en un momento de entusiasmo y orgullo al creerse ennoviada. Pobre idiota, pensó.

—Mirá, acá la tenés —le señaló la cascada que rompía en el arroyo bordeado de piedras.

Olivia corrió hacia la orilla, riendo a carcajadas, presa de una alegría incontenible y para Mickey inexplicable. —¿De qué se ríe la tarada? preguntó Tony sin esperar respuesta de los amigos que lo habían acompañado con la esperanza de ver algo que, según Tony les había prometido, sería más entretenido que cuando asaltaron a una vieja a la salida del supermercado y le tocaron el culo.

—Estoy cansada —dijo de golpe, la risa que la había desbordado segundos atrás ahora desaparecida—. Quiero ir a casa. Llevame a casa.

—Vení, vamos a sentarnos a descansar. Yo también estoy cansado —tomó su mano y se sentaron sobre las hojas caídas, ramas y piedras.

—Quiero ir a casa —repitió—. Tengo hambre y Lina me dijo que me va a hacer un postre.

—Un momento más. No te pongas pesada.

Olivia intentó pararse pero él la obligó a sentarse tironeándole el brazo. —Estoy cansada y quiero ir a casa. Además acá hay mucho barro y Lina se va a enojar si vuelvo con la ropa sucia...

—Un momento nada más —le dijo impaciente, temiendo que si Tony y los muchachos no veían lo que esperaban y él había prometido cumplir, sería su fin. Tenía que terminar con el plan sin hacer caso a las quejas de la pobre tarada—. Tirá la moneda, pedí tu deseo y después te llevo a casa.

—Sí, la moneda. Pero me olvidé cuál era mi deseo. Y ¿qué hago si no me acuerdo cuál era mi deseo?

—Yo te digo cuál es mi deseo —le contestó acercándola hacia él y tratando de besarla otra vez, forzándola a abrir sus labios.

—¡Dejame, eso no me gusta, me babeás! ¡Soltame! —intentó separarse de él y lo empujó, pero él la tiró contra el barro y las piedrecillas, metió su mano bajo la pollera y le arrancó la bombacha mientras ella pataleaba, y la tiró en dirección a sus amigos que reían y aplaudían, gritando su nombre con entusiasmo, al igual que lo hacían en los partidos.

—¡Dejame! ¡Dejame! —siguió gritando sin darse cuenta de que había testigos que se estaban deleitando con el ataque al que ella era sometida a pocos metros.

—¡Ay! —un grito de dolor acuchilló el aire y su llanto se entreveró con sus palabras—. ¡Dejame Alberto, me duele! ¡No, Alberto! ¡Dejame! —lloraba mientras sus manos que parecían haber perdido las fuerzas trataban en vano de alejar el peso del cuerpo de Mickey que había caído sobre ella. Finalmente, Mickey cayó agotado sobre su espalda, sonriendo, orgulloso de haber logrado lo que había prometido, escuchando aplausos y silbidos.

—¡Malo! ¡Malo! ¡Vos sos malo! —Olivia golpeaba su pecho con los puños débiles y Mickey, indiferente a los golpes que no sentía, se paró, subió los pantalones y trató de cerrar la braqueta—. ¡Vos sos malo, muy malo! —seguía repitiendo y desde el barro agarró entre sus brazos las piernas de Mickey y clavó sus dientes en la piel humedecida de una. Sorprendido por el súbito dolor, dejó caer el pantalón y se dio vuelta para observar la pantorrilla.

—¡Idiota de mierda! ¿Qué me hiciste? —le gritó y se empezó a agachar con un puño cerrado y listo para pegarle, pero perdió el equilibrio y cayó. Olivia se paró y lo comenzó a patear en la espalda. Al tratar de incorporarse otra vez, los pantalones entreverados alrededor de los tobillos, Mickey se resbaló entre las piedrecillas húmedas y cayó por la banquina hacia el arroyo. Sus brazos trataron en vano de aferrarse al barro, las ramas, pero se deslizaron y sus gritos de ayuda no obtuvieron respuesta. Mickey fue arrastrado por la corriente bajo la mirada indiferente de Olivia y las risas de sus amigos.

Varios segundos pasaron durante los cuales Olivia observó el arroyo y la cascada, sus ojos grises abiertos, la mirada vacua, la expresión inamovible. Mi bombacha, pensó de repente, ¿cómo es que me saqué la bombacha?, y ahora va a estar toda embarrada y Lina se va a enojar. Mientras la buscaba entre las ramas caídas, y aparentemente atraída por el golpeteo de la cascada rompiendo sobre el arroyo, desvió su mirada en esa dirección y miró, pero no vio a nadie. Se arrodilló, dobló sus piernas bajo su cuerpo y comenzó a llorar, hablando palabras y frases entrecortadas. —No tengo una moneda.... nadie me dio una moneda.... Ahora no puedo pedir mi deseo. —Se secó las lágrimas con la bombacha embarrada y se la puso mientras observaba sus alrededores, confundida, desorientada, sin reconocer el lugar donde se encontraba y habiendo olvidado todo acerca de la moneda y el deseo en un instante.

—Vámonos, rajemos de acá —dos de los amigos de Tony que hasta ahora habían reído hasta sentir dolor, le gritaron mientras corrían, escapando. Tony, parado detrás de las piedras, desafiante, sin temor de ser visto, los miró con desprecio y no les contestó.

—Váyanse ustedes, —finalmente dijo— yo me encargo de la tarada.

—¿Qué, vos también la querés? —le preguntó uno de ellos.

—No, pedazo de imbécil, —le contestó ante la pregunta para él innecesaria, despreciándolo por no poder pensar en lo que para él era obvio—. ¿No se dan cuenta boludos idiotas de que si la tarada empieza con los gritos o va a buscar ayuda, alguien la va a encontrar y va a contar todo? ¿Y qué del inútil de Mickey que ni se supo defender de una retardada y se cayó al agua? ¡Hay que ser inútil! Yo siempre pensé que no servía para nada y no me equivoqué. Otro inútil menos, ninguna pérdida —dijo sin remordimiento alguno. Los otros dos lo miraron con admiración, inmóviles, sin atreverse a tomar una decisión y esperaron su orden—. Váyanse, yo le invento algo y me la llevo de acá. Los veo de noche donde siempre.

Olivia, parada entre los árboles, daba unos pocos pasos en diferentes direcciones, su expresión seria, desconcertada.

—Señorita, señorita —Tony trató de llamar su atención sin asustarla, acercándose lentamente desde donde se había escondido, manteniendo su distancia.

—¿Quién sos? —le preguntó, con más curiosidad que temor en su voz.

—No se asuste —le dijo, comenzando el diálogo que había preparado en los últimos segundos—. Yo trabajo en el parque, cuido de las flores que espero haya visto...

—No, yo no vi flores —dijo mientras miraba a su alrededor buscando algo, pero no sabía qué.

—Bueno, tal vez otro día —siguió acercándose de a poco sin que a Olivia pareciera importarle—. Como le decía, yo trabajo acá, —repitió sin saber cuántas veces debería repetir algo para que Olivia lo recordara— y el parque cierra en un rato y es peligroso para una señorita estar sola por estos lugares. Nunca se sabe qué se puede encontrar. ¿Usted vino sola? —se atrevió a preguntar sabiendo que necesitaba ser rápido y crear distintos tipos de mentiras dependiendo de la respuesta que obtuviera. Tal desafío le resultaba estimulante, una droga a la que estaba adicto.

—No me acuerdo —admitió sin dejar de mirar en todas direcciones—. Seguro que vine con la maestra en el ómnibus de la escuela, pero ahora no la veo. A veces hacemos paseos, —le dijo sonriendo, mirándolo por primera vez— vamos a parques y bosques y la maestra nos hace recoger hojas, pero a mí no me gusta recoger hojas duras, se rompen, y después en la clase las tenemos que pegar con la goma que guardamos en el pupitre y escribimos el nombre con tinta verde. Yo tengo linda letra, la maestra siempre me dice —sonrió orgullosa.

—Sí estoy seguro —le contestó tratando de contener la risa.

—Pero ahora no veo a la maestra. No sé a dónde se fueron todas... —miró otra vez en dirección al camino y empezó a caminar dejando a Tony detrás.

—Yo la puedo ayudar, si me permite. Conozco bien el parque y, de repente, si quiere yo la llevo en mi auto y si ellas ya se fueron, podemos alcanzar el ómnibus —le dijo acercándose y caminando a su lado.

—Bueno, vamos —aceptó sin demostrar temor alguno.

—Tranquilo por acá hoy, ¿no? —preguntó sin que Olivia ofreciera respuesta—. Sí, un día muy tranquilo, con decirle que yo no vi pasar gente, trabajando y trabajando. ¿Usted vio a alguien?

—Sí, yo vi a alguien hace mucho rato. Pero ellos no me vieron.

—Ah...y cuénteme, ¿quiénes eran? Sabe, yo tengo que saber qué gente viene al parque.

—No sé. Un hombre que tiró a la mujer al suelo y después se fue a nadar. Pero ahora no veo a ninguno.

—Sabe señorita, yo no vi nada de eso, como le dije antes, yo no vi a nadie en todo el día y yo siempre estoy acá cuidando. De repente eso pasó en otra parte, u otro parque, porque seguro que si hubiera pasado algo yo lo hubiera visto.

—Sí, de repente lo soñé. A veces tengo sueños raros. Una vez soñé que mamá me regalaba un oso blanco como el que vimos en el zoológico. ¿Vos vas al zoológico?

—Sí, a veces —le contestó mientras le abría la puerta del auto y se felicitaba por haber tenido la idea de sacarla de ahí.

Olivia se acomodó en el asiento y sonrió.

—Si no alcanzamos el ómnibus, ¿me llevás a casa?

—Sí, por supuesto, yo no puedo dejar a una señorita sola por la calle —le contestó mientras pensaba cómo hacer para que nadie lo viera o reconociera.

—Ojalá no alcances el ómnibus, —dijo con picardía— porque si no alcanzás el ómnibus de repente me podés comprar un helado de chocolate. No me acuerdo quién me compró un helado la última vez —dijo pensativa.

—Yo estoy seguro que fue su mamá.

—Mamá nunca me compra helados, dice que me voy a ensuciar y poner gorda. Seguro fue Viviana, ella me compra helados y no le cuenta a mamá.

Nueve meses después

—¡Ayuda! ¡Ayuda! —el clamor de una de las maestras inundó el ámbito del patio vacío al ver a una estudiante que no reconoció de inmediato tirada contra las baldosas en un charco de sangre. Corrió hacia ella y se hincó a su lado preguntándose qué hacer para ayudar a la niña, que quizás estaba muerta, y al mismo tiempo evitar tal espectáculo a los invitados, padres y diferentes dignatarios, que estaban por salir del salón de actos y que al presenciar tal escena podrían reaccionar en forma imprevisible y La Academia no podía permitir un escándalo—. ¡Llame una ambulancia! ¡Rápido! —le ordenó al limpiador que por fin se había acercado al oír sus gritos. Mientras tanto, la Directora culminaba el discurso que repetía todos los años exaltando las virtudes de aquellas que eran diferentes, únicas, hijas de padres que al haberlas registrado en su escuela habían tomado el primer paso para que se desenvolvieran en la sociedad en una forma excepcional. Leonora miraba su reloj pulsera con impaciencia, mientras Guzmán trataba de suprimir uno de muchos bostezos. El aplauso entusiasta indicó el final de la ceremonia. Leonora se abrió paso entre los que se acercaban al podio a felicitar a la Directora, apresurando el paso para salir del edificio y llegar a tiempo al almuerzo que tendría con representantes de un gobierno que, estaba segura, necesitaba su ayuda.

A pesar de la necesidad que tenía de evitarle a los invitados la escena que no podía hacer desaparecer, la situación en la que se encontró por accidente y de la que ahora no podía huir, la maestra vio con horror cómo decenas de personas comenzaban a dirigirse hacia ella, las expresiones plácidas, sonrientes, aburridas, cambiando súbitamente a unas de sorpresa y horror, el paso antes relajado ahora apresurado, la conmoción apoderándose de todo y todos.

—¡Olivia! ¡Es Olivia! —gritó una mujer que sin querer pisó sangre con su zapato de taco negro y se sostuvo de la manga de traje azul del que tenía a su lado para no caerse—. ¡Leonora! ¡Leonora! —llamó. Ésta, tratando de evitar ser demorada por el grupo de gente que se había acumulado alrededor de algo que ella ni sabía qué era ni le interesaba saber, se apresuró para llegar a la salida del edificio donde tuvo que abrirle paso a los enfermeros de la ambulancia que entraron corriendo y apenas pudieron esquivarla.

Guzmán, indiferente al griterío que ahora se oía desde la planta alta, discutía con un miembro de la comisión directiva el costo de contratar más maestras.

Leonora esperaba impaciente por Guzmán en la limusina, abriendo y cerrando su petaca de nácar, retocando su maquillaje, lamentando no haber manejado su auto, furiosa porque a causa de su marido ahora llegaría tarde al almuerzo. —No debería esperar por él —dijo, y Manuel no contestó, sabía que ella no esperaba respuesta—. Por fin viene —dijo al verlo y reposó su espalda sobre el cuero negro. Manuel bajó del auto listo para abrirle la puerta trasera. ¿Y ahora por qué se detuvo?, pensó irritada al ver que su marido hablaba con unos hombres que ella no reconoció y volvió a entrar el edificio. —Señora Leonora, la necesitan adentro —le dijo Manuel agachándose y extendiendo su mano para ayudarla a salir del auto. ¿Para qué me pueden querer? ¿Acaso mi marido se olvidó que tengo una cita importante? ¿O son sólo sus citas que importan?

—¡Olivia está desmayada Leonora, cubierta de sangre! —chilló la mujer que la había reconocido, su cara sudorosa, la chaqueta apretada torcida.

—Bueno, no hay por qué hacer tanto escándalo. La niña tiene derecho a tener una menstruación severa. ¿Y quién no se va a desmayar con el calor que hace acá? Guzmán, tenés que hablar con los encargados de regular la temperatura, está

sofocante —le ordenó, molesta por todo lo que le había hecho perder tanto tiempo.
—Andá al auto, yo ya voy. Decile a Manuel que siga a la ambulancia —le contestó sin dar indicación de haber oído sus palabras.
—No sé a qué se debe tanto escándalo. Olivia es una niña sanísima. Estoy convencida de que no es nada grave. De serlo nos hubiéramos dado cuenta de que estaba enferma —le dijo a su marido apenas entró al auto.
—Acelere Manuel, no se preocupe por las luces, si lo detienen yo me encargo de dar las explicaciones —Guzmán se sentó en el extremo derecho del asiento y miraba al frente siguiendo con la mirada la ambulancia que avanzaba a toda velocidad, los autos que le abrían el camino y el gentío que por un instante parecían suspenderse en el tiempo y los observaban mientras retrocedían hacia la vereda. Leonora, discaba el número del restorán donde la estaban esperando, convencida de que a consecuencia de los percances que le habían arruinado el día debería posponer el almuerzo para otra oportunidad, si es que la perdonaban por la ausencia inexcusable—. Mirá Guzmán, —le habló a su marido mientras guardaba el celular en su cartera, sacaba la petaca y admirando secretamente su imagen en el espejo, se retocaba otra vez el maquillaje— nosotros vemos a Olivia todos los días, no somos como esos padres que no saben ni qué aspecto tienen los hijos, que se sorprenden cuando alguien les dice finalmente que los hijos se drogan en su propia casa, así que no es posible que Olivia tenga ningún problema serio. Gran cosa desmayarse, le puede pasar a cualquiera. Lo que pasa es que en esa escuela hacen escándalo por todo, tratan a las estudiantes como si fueran de cristal. Justo estaba pensando, —siguió sin parecer importarle que su marido miraba ahora por la ventanilla, la mano derecha sobre su pierna, los dedos golpeteando su rodilla, sin dar ninguna indicación de que le

estaba prestando atención—, deberíamos ayudar a Olivia a independizarse, creo que un par de meses en otro país le haría bien. Ella ya superó lo que esta escuela le puede ofrecer. Voy a llamar a Ágatha en la embajada, ella le va a conseguir algo. Olivia es muy excepcional y con su talento no puede terminar su educación en un colegio que entra en estado de pánico por un simple desmayo.

—Vos podés quedarte en la sala de espera si querés —le dijo Guzmán cuando finalmente llegaron a la emergencia y se dirigieron hacia el mostrador donde debían registrar sus nombres—. Yo voy a ver si localizo a algún especialista que sepa de estas cosas. —Guzmán la dejó sola, parada en medio de gente que iba y venía, heridos, embarazadas, niños llorando, un pandemonio que Leonora observó con indiferencia.

Irritada por el tiempo que había perdido en algo tan inconsecuente y que estaba convencida terminaría en pocos minutos sin nada más que la recomendación de que Olivia sea vista por el médico de cabecera de la familia, optó por sentarse en el lugar más alejado posible del tumulto en medio del cual estaba parada. Sentada sobre una silla de plástico naranja que había sido atornillada al piso de linóleo gastado junto con otras tres, observó con asco unas revistas viejas y manchadas que habían sido olvidadas en el asiento contiguo al suyo y prefirió ni tocarlas. Aburrida y harta de la espera que le pareció ser interminable, decidió usar el tiempo de manera productiva y sacó la agenda de su cartera. Estaba concentrada en las citas y reuniones que había detallado página tras página, cuando vio la sombra de alguien parado frente a ella.

—Señora, —la voz del médico la obligó a levantar la vista y lo miró con curiosidad, preguntándose cómo era posible que a tal hora del día el hombre joven que calculó no tenía ni treinta años, aún no se había afeitado y tenía el pelo oscuro despeinado como si recién se hubiera levantado— soy el interno que examinó a su hija apenas llegó a la emergencia, —le dijo ofreciéndole la mano que Leonora tomó sin pararse, diciéndose que de ahora en adelante ni ella ni nadie en su familia serían atendidos por alguien casi tan joven como Alberto y seguro sin ninguna experiencia—. Su hija se va a reponer...

—¡Por supuesto que se va a reponer! —lo interrumpió y se paró de golpe haciendo que el interno diera varios pasos hacia atrás, su vista clavada en la túnica arrugada manchada con cosas que ella prefirió ni imaginar, el equipo quirúrgico desalineado, los pantalones apenas sostenidos por un nudo deshecho.

—No sabía que ya había hablado con el cirujano, disculpe, creí que él estaba todavía en el quirófano.

—Yo no tengo que hablar con ningún cirujano para saber que Olivia goza de perfecta salud. —El médico, cansado, consciente de la existencia de cada músculo dolorido en su cuerpo, sintiendo el ardor en sus ojos enrojecidos luego de una noche en la que no pudo dormir y convencido de que no lo haría hasta esa noche, si tenía suerte y terminaba de ver a los que seguían llegando y llenando todas las camillas, observó a Leonora con curiosidad, preguntándose si esa mujer, excepcionalmente atractiva y exquisitamente vestida, estaba en sus cabales. Aunque el agotamiento le empezaba a ocluir su capacidad de razonar, hizo un esfuerzo y midió sus palabras con cuidado. Debía informar a la madre del estado de la hija, nada más. La policía se encargaría del resto, luego de que interrogaran a la niña quien se encontraba aún bajo los efectos de la anestesia. Olivia había llegado a la emergencia en estado de shock y no había podido dar ninguna información. Al mismo tiempo que se constataba que había parido, el cuerpo de un recién nacido era encontrado en el baño de la escuela.

—Señora, —dijo lentamente tratando de no alienar a la

mujer que parecía irritarse sólo con mirarlo y no incapaz de atacarlo— su hija dio a luz, pensamos que en la escuela. Por lo que me acaban de informar, la criatura está muerta, pero el forense deberá determinar si nació viva o no.

En ese momento dio un paso hacia él, su rostro tan cerca del suyo que él creyó sus caras podían tocarse. Leonora, la expresión contraída y tensa, seguía avanzando hacia él quien siguió retrocediendo hasta que sintió el borde de las sillas que tenía a su espalda contra sus piernas y de donde se sostuvo para no caer. —¿Cómo se atreve a decirme que Olivia, una niña de principios morales únicos estaba embarazada? ¡Esto es absurdo, ilógico! ¡Usted es un incompetente que no sabe lo que está diciendo! ¡No me sorprendería si está hablando de otra paciente, alguna cualquiera que ni familia tiene!

—Señora, yo sólo le trato de informar del estado de su hija —le dijo tratando de mantener el equilibrio y la calma y de no perder la paciencia—. Olivia se va a recuperar...

—Por supuesto que se va a recuperar porque no ha sufrido más que un desmayo. ¡Guzmán! —llamó en voz alta tratando de lograr la atención de su marido que escondido detrás de una columna hablaba por su celular—. ¡Guzmán! —lo llamó otra vez alzando la voz aún más haciendo que sobresaliera y se distinguiera entre el bullicio que los rodeaba. Su marido le señaló el aparato por el que hablaba y se dio vuelta continuando su conversación.

—Si tiene alguna pregunta podrá hablar con el cirujano en cuanto salga de la sala de operaciones —le dijo el médico, su voz ahora cortante y mecánica, deseoso de terminar la conversación e irse a atender a los que lo esperaban en camillas detrás de las cortinas que apenas los separaban, dejando pasar los llantos, las quejas—. Podrá ver a su hija en un rato. La enfermera la llamará. —El médico se dio media vuelta e intentó abrirse paso entre el gentío que atiborraba la emergencia, pero Leonora lo siguió y tomó del brazo impidiéndole seguir—. Sí señora, ¿tiene alguna pregunta?

—¿Que si tengo alguna otra pregunta? No, no son preguntas para usted lo que tengo, porque sus opiniones para mí no valen nada, pero sí tengo muchas cosas para decirle —le contestó mirándolo con desprecio—. Por empezar quiero dejarle bien claro, a usted y a todos los incompetentes que trabajan en este hospitalucho para muertos de hambre, que nuestra familia no pertenece a un lugar así, lleno de gente de clase baja, y que la única razón por la que mi hija está acá es porque la ambulancia la trajo sin que nadie nos hubiera consultado, porque de ser así hubiera sido llevada a un hospital privado, donde los pacientes son gente como nosotros y los médicos saben tratar a gente de clase.

—Entiendo —le contestó y trató nuevamente de alejarse pero Leonora se lo impidió.

—Segundo, —siguió, parándose delante de una enfermera que trataba de llegar a él— no tengo ninguna duda de que usted no sabe de lo que está hablando, y le quiero dejar bien claro, porque esto tiene que quedar documentado en la historia clínica de Olivia, de que la niña es virgen, que jamás ha tenido ningún contacto con alguien del sexo opuesto y que es absolutamente imposible de que haya dado a luz. ¿Me entiende?

—Señora, lamento que esté pasando por algo así, pero la evidencia es clara, su hija no sólo parió, sino que según me informaron se deshizo del recién nacido, lo que obligará a que haya una investigación policial. —Apenas terminó esa frase se arrepintió de sus palabras, de haberle repetido que la criatura estaba muerta y haber mencionado a la policía, convencido de que su furia sería aún mayor.

—¿Usted sabe con quién está hablando? —le preguntó midiendo sus palabras, la mirada clavada en él, la ira intensa, tan agitada que su pecho oscilaba con cada respiración.

—Sí, por supuesto, usted es la....

—No, usted no sabe nada. Porque quizás le hayan dicho nuestro nombre, quizás incluso sepa a qué nos dedicamos, pero hay algo que usted no sabe y se lo voy a aclarar, y espero que lo recuerde, porque no va a volver a encontrarse con gente de nuestro nivel, ciertamente no si continúa trabajando en esta emergencia erigida por gente de bien para la clase baja.
—Señora, tengo pacientes.... —le dijo tratando de terminar esa interacción que había aumentado su dolor de cabeza. Necesitaba dejar y alejarse de esa mujer que lo intimidaba con el poder de su ira y sus convicciones inamovibles.
—Primero me va a escuchar, después se va a atender a la gente de tercera clase, aunque estoy segura de que no hará ninguna diferencia para nuestra sociedad si salen de aquí vivos o muertos —lo interrumpió sintiendo asco y desprecio por lo que la rodeaba y por saber que su hija estaba sobre una camilla que había sido ocupada por alguien que olía y vestía mal—. Nuestra familia es un pilar de la sociedad en la que usted se da el lujo de vivir, gente que por generaciones no ha hecho más que dar su tiempo, inteligencia y fortuna para que los que no lo reconocen puedan salir adelante. Mis hijos nacieron para triunfar, al igual que mi marido y yo, gente que hará una contribución al mundo, no gente como usted, y ciertamente no resaca como lo que me rodea y que prefiero ni mirar. Mis hijos son brillantes, seres de una inteligencia como pocos, no mediocres como usted que lo único que ha hecho es pasar exámenes. ¿Cómo entonces se atreve a tan siquiera pensar que mi hija pudo haber copulado y que nosotros, padres que estamos al tanto de todo lo que pasa en su vida, no hubiéramos notado nada?
—Entiendo, entiendo —le contestó prefiriendo no contradecirla, tratando de no prolongar la conversación, la peor que había tenido en mucho tiempo, intentando recordar todo lo que los profesores le habían enseñado acerca de cómo conducirse frente a gente así, aunque el agotamiento parecía

haberle destruido la memoria.

—¡Ah Guzmán, por fin! —dijo al ver acercarse a su marido. El médico aprovechó ese breve instante en el que ella se distrajo para escapar y desaparecer entre los pacientes que se acumulaban y las enfermeras que los guiaban, diciéndose que haría todo lo posible para evitar encontrarse con esa mujer otra vez. Que le hablen los profesores, se dijo moviendo la cabeza de lado a lado y hablando solo.

—No tenés una idea de lo que he pasado en los últimos minutos —le dijo, tomándolo por el brazo y abriéndose paso en busca de un lugar más privado que el medio de la sala de espera. Indignada le relató a su marido lo que el médico le había informado mientras él la escuchaba en silencio, su expresión seria, imposible de leer, fija en la de ella.

—Te digo más, —siguió—, si tuviera la certeza de que nuestros hijos no están destinados a triunfar, preferiría verlos muertos. O son excepcionales y llegan a la cima del éxito, o no vale la pena que vivan. Porque, ¿qué sentido tiene que sean uno más, otro en el montón de seres inútiles que no debían haber nacido? Gente que pasa por la vida sin dejar nada atrás, gente descartable. No, de ser así mejor que se mueran. Pero, —siguió, una sonrisa iluminando el rostro hasta ahora tenso, rígido— por suerte ese no es nuestro problema, nuestros hijos son brillantes, entre los mejores que la sociedad tiene y tendrá, como Olivia, una niña tan pura, tan inocente.... Debemos hacer que echen a ese médico, es un incompetente con malos modales.

—Todo está bajo control —dijo Guzmán como si no hubiera escuchado sus palabras, mientras acomodaba el celular en el bolsillo de su traje oscuro, su aspecto impecable—. En cuanto Olivia despierte del efecto de la anestesia vamos a casa. No hay más nada de que hablar o discutir. La verá otro médico y caso cerrado.

—Por supuesto, porque por empezar no hay ningún caso,

para cerrar, nunca hubo un caso. La niña debe haber tenido un período fuerte, como le pasó a todas las mujeres en mi familia, eso es todo.

Guzmán caminó apresuradamente hacia la salida, entró a la limusina que lo estaba esperando y regresó a la oficina calculando cómo podría reorganizar sus próximos días para recuperar las horas que había perdido esa mañana.

Leonora entró al ascensor sin mirar a los que tenía a cada lado, la vista fija en el panel iluminado. Caminó por el pasillo que olía a desinfectante y cuando llegó a la habitación de Olivia empujó la puerta entreabierta y se acercó a la cama donde su hija parecía dormitar. Se sentó sobre el borde de la cama y observó a Olivia, su cara pálida, sus brazos delgados sobre la sábana, una intravenosa de cada lado.

—Hola bebita —le dijo en voz baja, inclinándose y besándola levemente sobre la frente fría y sudorosa. Olivia entreabrió los ojos e intentó sonreírle—. En pocas horas te llevaremos a casa. Voy a llamar a Lina así cuando lleguemos tiene preparadas galletitas de chocolate y un té caliente que te van a hacer sentir bien enseguida.

—Muñeco..., —musitó Olivia, su garganta seca, la voz parecía no poderle salir— no quiero ese muñeco, es feo. —Olivia comenzó a gemir, un lloriqueo débil—. No quiero el muñeco.....

—No llores linda. La gente tira cualquier cosa en los baños, no tienen ningunos modales. Olvidate de ese muñeco, no era para vos de todas maneras. Vos tenés muñecas preciosas en tu cuarto, perfumadas y con ropas limpias.

Olivia cerró sus ojos y apoyó su mejilla contra la almohada, mientras Leonora la contemplaba en silencio. Si los labios de Leonora temblaron por un instante, o si sus ojos se humedecieron nadie lo vio, y ella no fue capaz de notarlo tampoco.

Olivia fue declarada legalmente incompetente, incapaz de

entender sus acciones o de ser responsable por ellas, aparentemente sin que nadie la hubiera interrogado o tan siquiera entrado a su habitación. Pero el médico de guardia recibió la orden de darle de alta y a la mañana siguiente dejó el hospital. Entró a la casa agarrada de la mano de Viviana.

—Viviana, —la había despertado su padre— tenés que ir a buscar a tu hermana al hospital. Tuvo un pequeño percance, pero todo está bien, nada de qué preocuparse. Tu madre y yo tenemos que salir temprano y no podemos perder otro día de trabajo.

—Pero, ¿qué pasó? ¿Está enferma o algo? —el tono preocupado de Viviana despertó a las dos estudiantes con las que compartía el apartamento a donde se había mudado apenas cumplió los dieciocho años y se fue de la casa. Las otras se acercaron a ella, los ojos aún entrecerrados, las batas cubriendo los piyamas arrugados.

—No hay que perder el control. Te repito que todo está bien, sólo tenés que ir a buscarla y llevarla a casa. Después podés volver a hacer tus cosas. —Sus cosas consistían en ir a la universidad y a trabajar, o lo que ella llamaba trabajar ya que no ganaba nada, dos veces por semana con un artista que a manera de agradecerle un favor a su padre aceptó de que ella frecuentara su estudio.

—Olivia está en el hospital, —le dijo a sus amigas— no sé qué pudo haber pasado. A mí nadie me cuenta nada y hace tanto que no la veo.....pobrecita, debe estar tan asustada...

Desde la puerta de roble se escuchaban los acordes de la sonata que Alberto había comenzado a tocar una hora atrás. Olivia, aún pálida y caminando lentamente, sus aspecto más frágil de lo habitual, sostenía con fuerza la mano de su hermana. Alberto no pareció escucharlas. Viviana la llevó hasta su cuarto y la ayudó a acostar, la pollera limpia que Lina había enviado al hospital rozando el borde de las medias de algodón que llegaban hasta sus rodillas. Viviana la tapó y alcanzó su oso de fieltro que Olivia apretó contra su pecho.

—No quiero el muñeco sucio, me da miedo —le dijo en voz baja, la mirada asustada.

—¿Qué muñeco Oli?

—El muñeco feo, el que estaba en el baño.

—Oli, no sé de qué me estás hablando. Mejor descansá, nadie te va a dar un muñeco feo, todos tus juguetes son lindos, igual que vos. —Viviana se inclinó y la besó en la mejilla, acariciando su cara.

—¿Te vas a quedar conmigo?

—Sí, me voy a quedar contigo hasta que te sientas bien, y después vamos a comer algo rico.

—¿Dónde estuviste todo este tiempo?

—Oli, no te esfuerces ahora. Yo sé que me porté mal contigo, pero tenía muchas cosas que hacer, por eso no te visité tan a menudo como hubiera querido. Perdoname dulce, no debería haberte dejado tan sola por todo este tiempo. El remordimiento por haber faltado de la vida de su hermana por meses la hizo lagrimear, pero sabía que su ausencia había sido la consecuencia de no tolerar la presencia de sus padres, de no poder ni siquiera imaginar visitarlos, menos aún vivir bajo el mismo techo de quienes despreciaba. No había tenido ningún contacto con Leonora y veía a su padre una vez por mes cuando iba a recoger el cheque con el que pagaba sus gastos y la renta del apartamento. Su encuentro no era más que una transacción monetaria entre dos adultos, uno daba y el otro recibía.

Viviana salió del cuarto, cerró la puerta con cuidado y bajó las escaleras pensando qué podía ella ofrecerle a su hermana. Alberto había vuelto al principio del primer movimiento de la sonata, sumergido en su propio mundo. Viviana salió de la casa planeando volver a la mañana siguiente.

—Quiero que Olivia venga a vivir conmigo —anunció a sus padres mientras Leonora sorbía su café y Guzmán leía el diario. Olivia dormía en su cuarto, ignorante de lo que estaba ocurriendo en el comedor.

—No digas tonterías Viviana. Ya hice arreglos para que Olivia se vaya a una escuela pupila en una semana. Lina va a empezar a empaquetar sus cosas esta tarde. Ahí va a estar bien protegida, lejos de cualquiera que la pueda dañar y de la chusma que va a hablar de su desmayo e inventar cualquier historia con tal de perjudicarnos. Además, iniciaré un juicio contra la escuela.

—¡Pero a ustedes Olivia no les importa! ¡No te podés deshacer de ella como si fuera una cosa molesta!

—¡Cómo te atreves Viviana! Es que tenemos ante todo su bienestar que decidimos mandarla a esta escuela. Olivia necesita un ambiente en donde pueda hacer sobresalir sus dotes. —Sorbió el café y miró una revista ignorando a su hija que permanecía a su lado observándola, llevando su vista de uno a otro de sus padres, aunque aún no había visto la cara de Guzmán.

—¿Por qué nadie me escucha? —preguntó tratando de contener la frustración.

—Por favor Viviana, dejá las tonterías de lado, no actúes en forma tan inmadura. No hay necesidad de levantar la voz. Dejemos este tema de lado, tengo que irme en unos minutos y no tengo tiempo para esto.

—¡No, no quiero hablar más bajo! ¡Ni siquiera nadie me dijo por qué estuvo en el hospital! ¡Nadie me cuenta nada! ¡Quiero que Olivia venga a vivir conmigo! ¡Nosotras la vamos a cuidar y le vamos a dar todo el cariño y atención que ustedes no pueden dar!

—Olivia no puede ir a vivir con tres adolescentes. —La voz de Guzmán, atenuada por el papel de diario que lo cubría las sorprendió, como si hubieran olvidado que él no sólo estaba presente sino que estaba escuchando la conversación.

—¿Qué te hace pensar que Olivia va a estar mejor en un

colegio pupila en otro continente que conmigo?
—Olivia va a triunfar en cualquier colegio, es una niña excepcional.
—Papá, por favor, —le pidió mirando las noticias que cubrían la página que tenía frente a ella, ignorando a su madre que observaba a Alberto, quien no parecía ver a nadie— no la mandes lejos, se va a morir de tristeza.
—¿Qué te hace pensar que yo le puedo confiar a alguien que se pinta el pelo de azul, que tiene la cara atravesada por alfileres y mintió acerca de un embarazo? —le preguntó bajando el diario y mirándola a través de sus gafas, su cuerpo reclinado sobre el respaldo de la silla.
—¡No te metas conmigo! —se defendió, su mirada desafiando la de su padre.
—Demostrame que sos responsable y lo pensaré.
—Yo soy responsable, voy a la universidad, trabajo...
—Eso de trabajo está por verse. No sé por qué discuten —interrumpió Leonora mientras metía su celular en el bolsón de cuero que había apoyado sobre su falda. —¡Qué maravilla Alberto! Cada vez toca mejor —admiró a su hijo que se acababa de sentar al piano y no parecía haber tenido ni interés ni conocimiento de lo que estaba transcurriendo a su alrededor—. Mejor me voy. Tu visita inesperada Viviana me hará llegar tarde a la oficina y tengo un mitin importantísimo. Esto de haber pasado el día en el hospital por una cosa mínima me atrasó con todo y la organización no se puede dar el lujo de fallarle a los que la necesitan. —Con ese comentario se levantó de la mesa y luego de detenerse un instante para observar a su hijo con admiración se fue.
—Papá, —le dijo apenas Leonora cerró la puerta, tratando de contener su irritación, sabiendo que su padre se levantaría de la mesa y la ignoraría por completo si ella le gritaba— yo puedo hacerme responsable de ella. Dame una oportunidad, dame seis meses. Te prometo, te doy mi palabra que si en

seis meses yo no la puedo cuidar yo misma le ayudaré a empaquetar para que se vaya al colegio pupila.

—Lo pensaré —fue todo lo que escuchó de su padre, quien enderezó el diario y volvió a desaparecer detrás de las noticias.

Dos semanas después Viviana le ayudaba a preparar las valijas a Olivia, ordenando las ropas y muñecas, eligiendo libros y lápices de colores.

—¿De verdad me vas a llevar contigo, Viviana? ¿Y William? ¿William también va a vivir con nosotras?

—Sí linda, vamos a vivir juntas y con mis amigas, pero William va a venir a visitarnos y vamos a ir a pasear juntos. Te vamos a llevar a comer tu helado favorito, un cucurucho grande de chocolate.

—No, no quiero más helado de chocolate. No me gusta más. —Olivia se detuvo detrás de Viviana, que hincada frente a la valija seguía poniendo cosas, ordenando.

—Él se fue a nadar, y ahora no quiero más helado.

Viviana se dio vuelta y paró, observando la expresión vacía de Olivia. —¿De quién estás hablando Oli?

—De nadie, dejame —le contestó apretando a su muñeca y dando varios pasos hacia atrás.

—Oli, decime, a mí me podés contar —trató de persuadirla.

—¡Dejame, dejame! —empezó a lloriquear cubriéndose la cara con la muñeca.

—Está bien, está bien. No te asustes. No me tenés que contar nada, es tu secreto, ¿sí? —Viviana extendió sus brazos y mantuvo distancia. Olivia bajó sus brazos y aún sosteniendo su muñeca se acurrucó contra ella, una sonrisa tímida curvando sus labios.

Con una valija en cada mano, Viviana bajó la escalera seguida por Olivia quien había insistido en ponerse la pollera del uniforme que no volvería a usar y la blusa blanca. Leonora tomaba su café mientras Guzmán leía el diario y Alberto repetía por segunda vez esa mañana el primer movimiento de la sonata.

—Nos vamos —anunció desde la puerta de roble que Lina mantenía abierta. Olivia levantó su brazo y calladamente les dijo "Adiós". William abrió la valija del auto donde colocó las pertenencias de Olivia mientras ésta se sentaba en el asiento de atrás, apretando a su muñeca contra su pecho y se balanceaba entonando una melodía que nadie conocía.

Leonora apagó el celular, dejó el café a medio tomar, recogió las carpetas que había colocado sobre la consola, las introdujo en su portafolio y se puso el saco que había colgado del perchero junto a la puerta. —Vuelvo tarde, —anunció sin que nadie le contestara— tengo una reunión importantísima. Tenemos que decidir qué hacer con los orfelinatos que están repletos de niños abandonados. —Sacó la llave del auto de su cartera y miró hacia el interior de la casa—. Hay gente muy infeliz en este mundo. Si no fuera por gente como nosotros, ¿qué sería de ellos? Menos mal que la nuestra es una familia que no tiene nada de qué preocuparse, y todo gracias a nosotros, ¿no es cierto Guzmán?

Salió cerrando la puerta detrás de sí, sin hacer ruido alguno. Caminó entre los canteros sin ver al jardinero que arrancaba yuyos. Los acordes provenientes del piano se escucharon a través del ventanal, los primeros acordes de un tercer movimiento que no había sido tocado antes, rápidos, intensos, desesperados, los acordes de esa sonata en la que nunca hubo un segundo movimiento, una sonata interrumpida, quebrada.

ÍNDICE

❖ **La espera / 7**

❖ **En un día cualquiera / 100**

❖ **La gente es buena, Margarita / 108**

❖ **Una mañana en la cocina / 123**

❖ **Un círculo quebrado / 135**

Octubre de 2006
Estados Unidos de América